60대, 거침없는 인생

나는 지금 잘살고 있는가?

은퇴할 때까지만 해도 잘 보이지 않았다. 어떻게 되겠지….
알량한 소명 의식에 휩싸인 채 흘러간 세월을 접고 다양한 색
채가 뒤섞인 혼돈의 사회로 들어왔을 때, 두렵고 낯설기조차
했다. 이 많은 자유시간을 어떻게 감당해야 할지 난감했다.

무작정 걸었다.
동네 근처 산책로를 걷고 또 걸어보았다.
이 산, 저 산에 올라가 세상을 내려다보았다.

나의 자아를 통해 보려는 세상과 세상을 통해 나를 발견하
려는 자아는 닮은 듯 닮지 않았다. 잘 자라던 나무도 새로운
땅으로 옮겨 심으면 그곳에 뿌리를 내리는데, 4배의 힘이 더

필요하다고 한다. 새로운 환경에 적응할 내공이 필요하다. 나이를 먹는다는 것이 꼭 서글픈 현상만은 아니다. 능력을 발휘할 기회가 또 온다면 아직은 얼마든지 보여줄 수 있다.

　우리는 늘 관계 속에서 존재한다. 우리의 모든 고민은 다른 사람들과의 공존 속에 있다. 내 고민도 나 혼자만의 것이 아니라 우리 모두의 것일 수 있다. 뭔가 할 게 있을 것 같은데 할 수도, 안 할 수도 없고 어정쩡하게 머물기만 한다면, 무엇이 두려운가. 이제부터는 더 거침없이 살아도 될 나이인데, 무엇이 우리를 주저하게 만드는 것일까. 아직은 나이가 문제가 아니다. 마음먹기에 따라 달라진다면 마음을 바꾸면 되지 않을까. 여전히 젊음의 열정이 그대로 꿈틀댄다면, 좋은 사람들과 아름다운 관계를 계속 유지하며 이 사회의 작은 디딤돌이라도 되어보겠다는 꿈은 어떨까. 모든 꿈에는 유효기간이 있다고 하는데 아직은 아니다.

　이제부터는 익숙하여 더 이상 끌림이 느끼지 않는 것은 이별해도 괜찮다. 함께하는 사람과 시간 그리고 공간의 따뜻함이 더 필요한 때다. 그다지 중요하지도 않은 것에 감정을 소비하며 괜히 아파하지 말자. 나의 자아가 중심이 되는 세상에서는 쓸데없이 뻘짓은 그만하자. 화려했던 권위도 미련 없이 내려놓을 줄 알아야 한다. 때로는 좌절 속에서도 배운다. 지금부터가 정말 찬란한 내 인생의 출발선이다. 여전히 무언가를 꿈꾸며 희망을 품고, 한갓지게 행복할 오늘 하루도 그래서 참 기대가 된다.

2025년 1월,
자주 가는 동네 커피점에서.

　　　　　　　　　　　60대, 거침없는 인생

제1장

여전히, 꿈꾸며 ⋯⋯⋯⋯⋯⋯⋯⋯⋯⋯ 11

제2장

제3장

더 좋은
날은
지금부터

신강

제1장
여전히, 꿈꾸며

"지금이 내 삶에서 가장 행복한 때인 것 같다.

아들딸도 모두 자기 길을 찾아 떠나고,

부모와 가장, 자식의 역할과 책임도 현격히 줄어들고,

최고의 자유를 만끽할 수 있는

지금부터 내 인생의 황금기가 시작되었다."

60대, 거침없는 인생

최근에 장교 임관 40주년 행사를 다녀왔다. 벌써 40년이라니! 반 백발에 듬성듬성 머리털조차 한가하게 보인다. 이미 할아버지, 할머니가 되기 시작한 친구들. 열심히들 살아왔구나!

인생의 절반을 지나온 60대의 무게감과 깊이는 묵직해져 가기만 한다. 치열하게 키웠던 아기들도 어느덧 30대에 접어들고 30여 년 일했던 회사에서도 은퇴하고 오늘에 이르기까지. 아직 다른 낯선 길을 힘차게 걸어가고 있는 이도 있다. 지금의 60대는 전통적인 유교 문화에 젖은 부모 세대와 자기주장과 개성이 강한 자식 세대 사이에 낀 세대다. 내가 어렸을 때까지만 해도 할아버지는 상투를 틀고 계셨다. 부모로부터 제대로 지원받은 것은 없어도 부모 봉양의 의무를 짐과 동시에 자식 교육에도 전념해야 했다. 직장에서도 성공하고 가난에서 벗어나려 고군분투하며 최선을 다해 살아왔다.

은퇴해 보니, 처음으로 주어진 많은 시간을 어떻게 보내야 할지 혼란스러웠다. 여태껏 제대로 맘껏 놀아보지도 못했다. 괜히 노후를 위한 돈, 건강, 일거리 걱정 등으로 마음만 스산하다. 은퇴 후의 무력감과 소외감으로 힘든 시간을 보내는 이도 있다. 표류하거나 침몰하는 배의 선장이 된 듯할 때도 있다. 은퇴 직후까지도 자신감이 넘쳤는데, 냉정한 현실은 이미 고령자 범위에 넣어 재취업도 여간 어려운 게 아니다. 그래도, 마음껏 돈을 쓰려면 일을 하는 게 좋겠다. 돈을 번다는 사실 그 자체가 안정감과 자신감 그리고 넉넉한 위안을 준다.

60대에도 여전히 일과 가정, 인간관계에서 이런저런 갈등과 선택의 순간은 찾아온다. 모든 관계도 이젠 재정리할 필요가 있다. 지금부터는 매사에 효율적으로 살아갈 때다. 굳이 넓고 큰 평수의 집도 필요 없다. 거창한 목표도 욕심도 부질없다. 이미 퇴직한 순간 누군가로부터 회피당한 경험은 한두 번 겪어보았을 것이다. 나이 듦을 점점 인정할 수밖에 없다. 나날이 늘어나는 주름살과 흰 머리카락을 보면서 더 외롭고, 불안과 두려움도 느끼기 시작한다.

지인의 80대 부친은 술만 드시면 울면서 여기저기 전화한단다. 이해한다. 배우자도 떠나고, 친구도 없는 이 세상이 너무 외롭고 무서워서 그렇다. 나이 들어서 징징대지 않으려면 60대부터 건강과 외로움 관리도 잘해야 한다. 자신만의 건강관리 비법 정도는 가지고 있어야 한다. 60대의 70%가 경험한다는 백내장을 오래 지연시키려면 야외활동할 때 선글라스도 쓰고 무릎관절이 시릴 때면 무릎 보호대도 이제는 착용해야 한다. 친구 없이 홀로 오래 지내는 것도 바람직하지 않다. 외로움은 둘째치고 자기 생각만 옳은 양 똥고집만 세진다. 부족한 정보 탓에 귀가 얇아져서 엉터리 주장만 신봉할 수 있다. 잡다한 과거는 모두 가슴에 묻어버리고, 잊어버릴 것은 빨리 잊어버려야 한다.

일본 최고의 노인정신의학 전문의인 와다 히데키는 『60세의 마인드셋』에서 노년에 과거의 삶을 후회하는 사람들이 생각보다 많았다고 한다. 공통으로 후회하는 6가지가 있는데, 좋아하는 일을 많이 하지 못했다, 다양한 경험을 해보지 못했다, 개성을 억누르며 남에게 맞추려고 애썼다, 주변에 적극적으로 생각을 표현하지 못했다, 돈 걱정만 하며 살았다, 의사의 말을 과하게 믿고 따랐다는 것이다.

다행스럽게도 나의 60대는 아직 현역 때와 비슷하게 진행 중이다. 감사하게도 해야 할 일이 있고, 젊은이들과 함께 운동하고 친구들과 대화도 즐기면서 주변을 돌아볼 여유가 있어서다. 너무 전전긍긍하지 않으려 한다. 이젠 이것저것 재지도 않고 따지지도 않고, 하고픈 것 하면서 거침없이 살아보려 한다. 거침없이 산다고 해서 법 테두리를 벗어날 정도로 턱없이 함부로 행동하거나, 남의 말을 무시하고 마귀 같은 고집쟁이로 살겠다는 것이 아니라, 지금까지 누구를 위한 삶 위주로 살아왔으니 이제부터는 나를 위한 삶으로 살아가겠다는 말이다. 계속 돈을 벌지 못하면 어떠냐. 맨날 절약만 하면서 그동안 번 돈도 다 써보지 못하고 죽는 게 인생인 걸 뻔히 알면서도 그런다.

지금이 내 삶에서 가장 행복한 때인 것 같다. 아들딸도 모두 자기 길을 찾아 떠나고, 부모와 가장, 자식의 역할과 책임도 현격히 줄어들고, 최고의 자유를 만끽할 수 있는 지금부터 내 인생의 황금기가 시작되었다. 오히려 어느 때보다 자신감도 넘친다. 지금 테니스와 골프 수준도 가장 안정적이다.

이병률 시인이 『바람이 분다, 당신이 좋다』에서 말했듯이, 60대도 "시간을 럭셔리하게 쓰는 자", 그런 사람이 되면 좋겠다. 지금부터는 살아가는 가치 기준도 내가 행복하냐, 그렇지 않으냐로만 따지고 싶다. 이 유한한 삶을 후회하지 않도록 제대로 충분히 즐겨야 하지 않겠는가.

 이제부터는 이런저런 맛있는 음식도 찾아가서 먹어보고, 가보고 싶었던 여행도 여기저기 다녀보고, 하고 싶고 좋아하는 일을 찾아 즐기며 활기차게 살아보련다. 무릎 절뚝이며 여행조차 힘들어하기 전에, 침침한 눈과 잘 들리지 않는 귀 때문에 대화도 어렵기 전에, 다행히 아직 날 불러주는 친구가 주변에 있을 때.

 하고 싶은 것을 맘껏 해서 남은 한이 없을 때 우리는 "여한(餘恨)이 없다"라고 말한다. 60대여! 내일을 위해 계속 아껴만 두지 말고, 여한(餘恨)이 없도록 여생(餘生)은 더 즐겁고 더 행복하게 거침없이 앞만 보고 달려가보자.

평생 함께할 나의
굿 파트너는 누구일꼬

퇴직하고 한갓진 시간이 많다 보니 간간이 떠오르는 시절인연(時節因緣)이란 단어가 생각난다.

어린 시절 한 동네, 학교, 군대, 직장, 사회에서 만나고 떠났던 숱한 인연들. 한때는 영원할 것만 같았던 인연이 단지 필요할 때만 잠시 만나고 헤어지는 시절인연이었음을 새삼 깨닫게 될 때는 더욱 그랬다. 시절인연의 아쉬움이여. 아! 세월의 무상함이여.

인연(因緣)은 어떤 원인이나 조건에 의해 맺어진 관계나 연결이다. 인연이란 참으로 묘하다. 나처럼 만난 지 3개월 만에 겨우 3번 얼굴 보고 결혼해서 줄기차게 살아온 33년 차 부부의 질긴 인연이 있는가 하면, 뜨거운 열애 끝에 결혼한 지 3개월 만에 끝나는 허망한 인연도 보았다. 잠시 왔다 가는 인생, 잠시 머물다 갈 세상에서 인연이 남기고 간 생채기들을 돌아보며 반성할 것은 반성하고 부족한 것은 계속 채워나가야 한다.

나부터 잘 성장해야 나보다 더 성장한 시절인연을 만나는 법이다. 어떤 인연은 짧게 스치듯 지나가지만, 그 여운은 깊고 강렬해서 오래가기도 한다. 어떤 인연은 나를 살리기도 하고, 나를 죽게도 한다. 평생 이어 가는 것이 쉽지 않다. 또 모든 관계를 그럴 필요도 없다. 그러나 인연을 가볍게 받아들이다 보면 좋은 인연을 놓칠 수 있다. 잘못된 인연은 때로 집착을 낳고, 나의 균형을 잃게 만들어 나를 망가지게 할 수 있지만, 좋은 인연은 서로에게 긍정적인 영향을 미치며, 그 속에서 서로를 지지하고 성장할 수 있게 도와준다.

"좋은 친구가 큰 재산이다."라는 말이 있다. 나도 친구의 권유로 현재의 직장에 재취업했다. 그 친구에게 늘 고맙게 생각한다. 퇴직하고 보니, 놀고 있는 사람에게 일자리를 마련해 주는 일이 얼마나 소중한지 알겠더라. 인생의 한갓진 오후에 별로 불러주는 이가 없을 땐 더욱 그러하다. 누군가에게는 취업을 도와주는 것이 최고의 우정이고 복지다. 한때 조직의 상사로 만난 인연이라면, 만날 때마다 자신의 화려했던 과거 공적만 자랑하지 말고 옛 부하의 취업에도 관심을 가져야 한다. 나도 몇몇 일자리를 추천해 주었다. 이 역시 시절인연에서 비롯된다.

"바람처럼 물처럼, 가는 인연 잡지를 말고, 오는 인연 막지 마세요." 노랫말에도 나온다. 새로운 인연을 받아들이려면 우선 마음의 문을 열어야 한다. 신통찮은 인연을 만나 또 고생하는 것보다, 지금까지 인연과 평생 함께 가고 싶다면 상대의 인격을 존중하며 변함없는 관심을 보여주고, 배려와 감사의 표현도 자주 하고, 정기적으로 연락하여 시간을 함께하는 등의 노력과 정성을 다해야 한다. 인연도 공을 들여야만 필연이 되는 법이다. 반대로 서로의 성장에 방해된다면 과감히 그 인연을 놓아주는 용기도 필요하다.

결국, 좋은 인연은 우리 삶을 더욱 풍요롭게 만들어 준다. 단순히 지나치는 인연에서 평생 인연으로 함께 갈 나의 굿 파트너를 찾아보자. 이미 지나간 인연에서 만날 수 있고, 새로운 인연에서 만날 수도 있다. 좋은 인연이 스치는 동안 우리는 함께 성장하고, 서로의 삶을 더 아름답게 만들어 가는 여정을 함께할 수 있을 것이다. 평생 함께할 나의 굿 파트너는 누구일꼬.

부조리한 세상을 살아가는 지혜

"이 세상을 어떻게 살아가야 할 것인가?"

이 질문에 대한 답은 누구에게나 쉽지 않다. 60대의 경륜과 경험이 아무리 쌓여도 삶의 무게와 의미에 대한 고민은 어렵기만 하다.

최근 동네 북클럽 모임에서 알베르 카뮈(Albert Camus, 1913~1960)의 책들을 다시 읽으며 20대 때와는 확연히 다른 관점으로 그의 철학을 이해하게 된 것은 매우 흥미로운 경험이었다.

생기발랄하던 나의 20대에는 이 세상이 논리적이지 않고, 부조리하다는 사실을 제대로 이해하지 못했다. 노력만 하면 모두 성공하는 줄 알았다. 그리고 훌륭한 무소불위(無所不爲)의 어른들이 이미 사회 질서를 잘 다듬어 놓은 줄 알았다.

누구나 그러하듯 살다 보니, 삶이란 예측할 수도 없고 비합리적인 사건들로 가득 차 있다는 것을 알게 되었다. 삶이 주는 의미를 그때그때 나름대로 열심히 찾고자 하였으나, 누구도 제대로 설명해주지 않았다. 코로나와 같은 재해재난 사태를 직간접으로 체험하면서 죽음의 불가피성도 실감하였다. 세상에는 이성(理性)만으로 해결할 수 없는 것들이 즐비하다는 것도 알게 되었다. 사회생활을 통해 타인과의 갈등을 겪고 나서야 인간의 내면적 고독을 이해하고, 홀로 버텨내어야 하는 존재의 당위성을 비로소 깨닫게 되었다.

젊었을 때는 사물과 현상을 직시하는 사유(思惟)의 힘도 부족했다. 오래도록 관찰하는 집중력도 아쉬웠다. 준열하게 살고픈 욕심으로 나름 여기저기에서 지혜를 찾아보려 하였으나, 갈증으로 계속 목만 탔다. 이런 부조리한 세상을 어떻게 살아낼지. 더불어 타인과 함께 살아내야 하는 이 세상에서 어떻게 인간의 존엄과 가치를 지켜낼 수 있을지. 답답하기만 했다.

당시에는 '이치에 맞지 아니하거나 도리에 어긋나거나' 또는 '부정행위를 완곡하게 이르는 말'이라는 사전적 해석의 '부조리'라는 단어에 추가하여 '인간과 세계, 인생의 의의와 현대생활과의 불합리한 관계'를 나타내는 실존주의자 카뮈의 철학 개념도 선뜻 와닿지 않았다. 이제야 선명하게 다가오는 것은, 세월이 흘러 나의 미천했던 경험과 성찰이 그때보다는 좀 더 깊어졌을 수도 있지만, 인간이 겪는 고독, 불안과 미래에 대한 고민 등을 잘 풀어주는 실존주의 철학이 현재에도 그대로 적용되고 공감되기 때문일 수 있다.

알베르 카뮈는 20~30대에 이미 세상의 이치를 통찰한 듯하다. 세상의 본질적 부조리를 외면하거나 회피하는 대신, 이를 직시하고 수용해야 한다는 것을. 부조리한 세상을 향해 반항해야 하고 자유를 추구하는 삶을 살아가라고 역설했다.

『이방인』(1942)에서는 주인공 뫼르소의 삶과 행동을 통해 개인의 고립과 무관심이 불러오는 부조리한 인간 존재를 신랄하게 보여주면서 탐구하게 하였고, 『시지프 신화』(1942)에서는 시지프가 무거운 바위를 지고 끝없이 반복되는 고통 속에서도 현재 이 순간을 소중히 여기고 그 안에서 나름대로 의미를 찾을 수 있다고 했다. 『페스트』(1947)에서는 타인과의 연대를 통해 이 부조리한 세상과 맞서자고 했다. 이런 적극적인 삶의 태도를 통해 진정한 인간의 존엄과 가치를 지킬 수 있다는 메시지를 우리에게 전한다.

카뮈의 작품들은 인간 존재의 부조리와 반항, 구원을 중심으로 한 3부작 형식으로 구성된다. 비록 그의 마지막 작품의 주제인 구원은 완성되지 못했지만, 그의 철학적 사유는 여전히 많은 사람에게 깊은 통찰을 제공한다. 삶의 부조리를 직시하고 그 속에서 의미를 찾는다는 것은 쉽지 않지만, 카뮈의 작품을 통해 인간의 존엄과 가치를 지키는 방법에 대해 한 번씩 생각해 볼 수 있을 것이다.

젊은 시절에 인간의 본질과 삶의 의미에 대해 진지하게 철학적 고민을 해보는 것은 좋은 경험이다. 나처럼 그때는 제대로 그 의미를 이해하지 못했어도 지금 다시 카뮈의 책을 통해 돌아보니, 예전보다 새삼 인생에 대한 이해도가 높아지고, 세상을 바라보는 안목도 달라진 것을 확연하게 느끼게 된다. 그래서 고전(古典)을 통해 변하지 않는 인생의 본질과 정면으로 마주하게 되는지도 모른다.

"부조리한 이 세상을 어떻게 살아가야 하나?" 이런 까칠한 질문에 해답을 바로 제시할 수 없어도 괜찮다. 이젠 어떤 시련과 어려움도 회피하지 않고, 자유와 가치 있는 삶을 추구하면서 의미 있게 살아가려는 내공 정도는 생긴 듯하여 너무 감사하다. 그리고, 삶의 본질적 부조리에 대한 철학적 고민만 계속하고 있기에는 남은 시간이 너무 아깝다는 것쯤도 알았기에 이제는 질문을 바꾸고 싶다.

"어떻게 하면 세상을 더 즐겁게 살아갈 수 있는가?"

예전에는 보이지 않고 느끼지 못했던 사실들이 하나둘 보이기 시작한다. 나도 나이를 먹긴 먹었나 보다.

잡초처럼 최선을 다하는 삶

예전에 텃밭을 가꾸다 보면 날마다 잡초와의 전쟁이 다반사다. 아무리 뽑고 뽑아도 나타나는 그 번식력에 놀랄 뿐이다. 사람의 시각으로 보면 불필요한 잡풀에 불과하지만, 가끔 아스팔트 타일조차 헤집고 나오는 그 생명의 강인함과 끈질긴 근성(根性)을 보고 또 한 번 놀란다.

골프장의 러프, 페어웨이, 그린에서는 잔디를 각기 다른 높이로 베어준다. 그런데 '새포아풀'이라는 잡초는 잔디가 깎이는 높이까지 자랐다가 잔디깎이에 베이지 않도록 스스로 그 높이보다 더 낮은 위치에서 이삭을 맺는다고 한다. 아주 약삭빠르다. 잡초는 주변 환경에 맞추어 변화하면서 놀랍도록 잘 적응한다. 조건이 좋거나 나쁘거나 늘 최선을 다한다. 키 큰 옥수수와 함께 자라는 잡초는 그 높이만큼 크게 자라기도 한다. 자신만의 독특한 방식으로 생존한다.

일본의 대표적인 식물학자인 이나가키 히데히로는 『전략가, 잡초』에서 연약한 잡초의 생존전략은 오히려 싸우지 않는 것이라고 말한다. 강한 식물이 자라는 곳은 피하고 경쟁 식물이 자라지 않는 곳만 골라서 터를 잡는다. 밟히면 일어서지도 않고, 밟히고 또 밟혀도 반드시 그곳에서 자기의 씨를 남긴다. 씨를 남기겠다는 명확한 목표가 있기에 어떻게든 버틴다.

잡초의 생존 철학을 보면 다양한 경쟁 속에서 반드시 이기는 것만 강하고 능사가 아님을 보여준다. 비즈니스나 스포츠 등 승부의 세계에서 챔피언은 한 명뿐이고 순위는 늘 변하게 마련이다. 영원한 승자도 패자도 없다. 자신의 역량만큼, 연습한 만큼 최선을 다하면 되는 거다. 좀 잘못했다고 누구를 불평하거나 자신을 원망하기보다 그냥 있는 그대로 수용하면 된다.

진정 최선을 다했다면 전혀 부끄러운 게 아니다. 당장 챔피언이 못 되었다고 모든 것을 포기할 필요는 없다. 잡초 씨앗이 물 따라 바람 따라 어디론가 흘러가 뿌리내리고 곧바로 생존하듯 그렇게 살아도 된다. 그러다가 운 좋으면 넘버원(Number One)도 될 수 있다. 능력이 부족하면 부족한 대로, 최선을 다하는 삶.

마치 영화 〈여인의 향기〉에서 퇴역 장교 슬레이드(알 파치노)가 "스텝이 엉키는 걸 두려워 마세요. 스텝이 엉키면 그게 바로 탱고니까요"라고 여인에게 말하는 것처럼. 살다가 좀 스텝이 엉키면 어떤가. 엉킨 대로 춤추면서 즐기면 되지. 능력이 좀 떨어지면 어떤가. 그럴 수도 있지.

"잡초는 아직 그 가치를 발견하지 못한 식물이다." 랠프 왈도 에머슨(Ralph Waldo Emerson)이 말했듯이 우리도 아직 자신의 진정한 가치를 제대로 발견하지 못하고 살아가는 것은 아닌지. 잡초의 세계에서는 잘나고 못남이 없다. 단지 개성만 있을 뿐.

우리는 삶을 언제나 성공에서만 살아갈 이유를 찾고 있는지 모른다. 실패도, 미완성도 결국 나의 인생이다. 때때로 삶은 불공평하지만, 그래도 계속 이어진다. 포기하면 안 된다. 버티다 보면, 언젠가는 위로와 보상받을 시간이 찾아올 수 있기 때문이다. 미처 그럴 기회조차 오지 않아도 잘못된 것은 아니다. 최선을 다했다면.

육군사관학교에 정식으로 입교하기 전 한 달 동안 가혹한 군사훈련을 미리 받는다. 간혹 이 과정을 통과하지 못해 입교하지 못하는 이들이 있다. 퇴학당한 이들 가운데 훗날 또 다른 길에서 크게 성공하는 사례도 있다. 당시에는 현실 부적응자로 마치 인생의 패배자인 양 낙인찍혀서 크게 낙심했을지 몰라도, 선택한 길이 잘못되었음을 빨리 받아들이고 자기가 더 잘할 수 있는 또 다른 틈을 찾아 죽을힘을 다해 살았기 때문이리라.

오늘도 흔들리는 멘털을 다독이며 최선을 다하는 우리의 몸부림이 날카로운 제초기 칼날도 피해 가며, 처절하게 생존하는 잡초 새포아풀이랑 오버랩(overlap)되어 보인다.

내 이부자리를 정리하면
느끼게 되는 것들

"세상을 변화시키고 싶으면, 침대 정돈부터 먼저 하라"

지금 하는 일이 무료하거나 동기부여가 잘되지 않을 때면 윌리엄 맥레이븐(美 해군 대장)의 텍사스대학 졸업식 연설을 한번들어보는 것도 도움이 될 것 같다. "매일 아침 침대 정돈을 한다면, 여러분은 그날의 첫 번째 과업을 완수하게 되는 것이고, 그것은 여러분에게 작은 뿌듯함을 줄 것이며, 다음 과업을 수행할 용기를 줄 것이다." 침구 정돈 같은 사소한 일도 이처럼 중요하며, 그 작은 일조차 제대로 하지 못하면 큰일도 제대로할 수 없다는 윌리엄 맥레이븐 제독의 말이다.

나도 아침에 잠자리에서 일어나면 바로 이부자리를 정리한다. 오랜 군대 생활이 몸에 배어서인지, 별로 시간도 걸리지 않는다. 습관이다. 어릴 적에 부모님 이부자리는 자식들이 대부분 정돈했다. 그것이 부모 공양인 줄 알았다. 아쉽게도 지금은 그럴 수도 없다. 대부분 침대 생활을 하게 되면서 굳이 이부자리를 정리할 필요가 없다. 그냥 몸만 일어나서 침대 이불을 대충 정리하면 된다. 침대의 편의성이다. 나처럼 침대 자리가 불편해서 굳이 방바닥에 이불을 펴고 자는 사람도 있다.

가끔 지금의 내 행동을 돌아보면, 어릴 때 습관이 여전히 몸에 배어 있는 때가 있다. "세 살 버릇이 여든 간다"라는 속담이 맞는 것 같다. 습관이 그만큼 중요하고 오랫동안 영향을 미치기도 한다. 어릴 적에 산속 깊은 탄광촌 관사에서 한때 살았었다. 학교까지 10리 길을 주로 친구들과 노닥거리며 대체로 걸어서 다녔다. 지나가는 트럭이 뿜어대는 뽀얀 먼지 폭풍 더미를 덮어쓰기는 당연히 감내해야 했다. 수업이 끝나고 산속의 관사 촌에 돌아와도 특별히 재미있는 일이 없기에 학교에서 친구들과 놀거나 주로 도서관에서 책을 읽고 집에 늦게 들어가곤 했었다.

당시 셜록 홈즈와 루팡 등 탐정소설에 흠뻑 빠져든 적이 있었다. 무척 재미있던 김내성 작가의 탐정 추리 소설을 아직 기억한다. 훗날 나도 탐정이나 될까, 생각할 정도였다. 가끔 늦게 집으로 가다가 어두워지면 반딧불을 잡아 유리 반찬통에 넣어서 그 빛으로 책에 푹 빠져서 읽으며 걸었던 기억도 난다. 반딧불과 눈(雪)빛으로 호롱불 대신 공부했다는 전설의 형설지공(螢雪之功)을 이미 그때 경험한 셈이다. 걷는 것과 독서는 어린 시절 몸에 배어 그 뒤로 습관으로 이어졌다. 지금도 산책을 좋아하고 한 달에 몇 권 정도의 독서를 즐긴다.

　타인의 습관 때문에 잘 된 사례도 있다. 흡연이 그러하다. 흡연이 주는 장점도 있겠지만, 담뱃대에 궐련초(卷煙草)를 구겨 넣어 손톱마저 노랗게 변할 정도의 애연가 할아버지, 부모님에게서 늘 풍기던 시큼 텁텁한 특유의 담배 냄새는 지금도 가끔 느껴지는 듯할 정도다. 당시 그 냄새가 무척 싫었던 난 여태껏 담배를 피우지 않는다.

　스티븐 스콧의 『게으름이 습관이 되기 전에』 책에서 해야 할 일을 미루는 이유로 완벽주의자라서, 아무것도 하기 싫고 귀찮아서, 나중에 하면 된다고 생각해서, 주의를 빼앗는 것들이 많아서, 시간이 늘 부족해서, 진실과 마주하는 게 두려워서, 즉각적인 보상을 얻으려고 해서, 일이 너무 복잡하고 어려워서 등 8가지를 들었다.

때로는, 오늘 할 일을 내일로 미루는 것이 편할 때가 많다. 아이젠하워의 매트릭스에서 보여주는 것처럼 당장 시급하거나 중요한 것이 실상 그렇게 많지 않기 때문이다. 한번 보자고 한 약속은 1년 안에 이루어지면 다행이고, 내가 관심이 있어도 상대가 불편해하는 기색이라도 보일 때면 그냥 약속을 미루게 된다. 그러나 나중에 하면 된다고 자꾸 미루다 보면 실천을 회피하는 게으름이 습관처럼 젖어 든다. 그것이 두렵다.

아마추어 골퍼들이 가끔 라운드가 끝나고 나면 주로 하는 말은 "앞으로는 연습을 좀 해야겠다"라고 한다. 골프도 이왕 잘하면 더 즐겁다. 그렇다면 연습을 꾸준히 해야 한다. 방법이 없다. 아무리 시간이 부족하고 나중에 하면 된다는 생각이 들어도 골프를 더 즐기려면 게으름이 누적되기 전에 연습장으로 달려가야 한다. 연습이 몸에 배지 않으면 품격 있는 골프가 주는 멋진 싱글의 맛을 제대로 느낄 수 없다.

나이가 들어가면서, 내가 해야 하거나, 할 수 있는 일은 곧바로 행동으로 옮기려고 한다. 바로 행동으로 옮기지 않으면 이젠 바로 잊어버린다. 방금 떠오르던 좋은 아이디어나 멋진 구상조차 바로 메모하지 않거나 행동으로 옮기지 않으면 흔적도 없이 날아가 버린다. 아직도 배우고 싶은 것들이 많다. 요리, 수영, 외국어 등등. 언제든지 배우고 싶고, 배우면 잘할 것 같은 자신감은 늘 충만하다. 금방 외우거나 연습했던 행동을 비록 곧바로 잊어버리더라도, 계속 숙달하다 보면 언젠가는 습관이 되겠지. 이제부터는 좋은 습관은 계속 살리고 그렇지 않은 습관은 버리려 한다.

하여튼, 먼 훗날 정신줄을 놓거나 이부자리를 정돈할 힘조차 없어지기 전까지는 내 이부자리 정도는 직접 정돈하려고 한다.

실수에 너그러워야 성공한다

『만일 내가 인생을 다시 산다면』의 김혜남 작가는 "만일 내가 인생을 다시 산다면, 더 많은 실수를 저지르며 살고 싶다. 쏜살같이 지나가는 시간 속에서, 나는 더 많은 도전을 하고 웬만한 일은 두려워하지 않을 것이다. 그렇게 쌓인 경험들이 얼마나 값진지를 알기 때문이다."라고 했다.

그러나 가끔 지나온 날들을 돌아보면 실수했던 창피한 순간들이 생생하게 떠오를 때가 있다. 당시에는 어디 쥐구멍이라도 있으면 도망치고 싶었던 한심한 기억이다. 경험이 미숙하던 초급장교(중위) 시절. 어느 날 사단에서 연대장을 포함한 대대장과 가족 합창경연대회가 열린다고 했다. 선임 대대장님의 인사장교였던 나는 그분들을 대상으로 당시 유행가 〈아름다운 우리 강산〉에 맞춰 허슬(hustle) 춤동작을 도와드린 적이 있었다. 생도 시절 응원부의 경험을 살려 그분들이 바쁘신 와중에 틈틈이 시간을 내어 몇 번의 연습도 잘 마쳤다.

마침내 대회 당일, 누가 평소 연습용 소형 카세트를 새것으로 바꿔놓았다. 마치 휴대용 전축 같았다. 버튼만 누르면 된다고 알려주었다. 사전에 이를 확인했어야 했다! 우리 순서가 되어 합창단원 모두는 긴장하여 초롱초롱한 눈빛으로 나를 집중했다. 나는 버튼을 힘차게 눌렀다. 아뿔싸! 작동이 안 된다. 연거푸 몇 번이나 눌렀다. 도대체 왜 이러지? 순간 머릿속이 하얘졌다. 인상을 쓴 야속한 여러 시선이 나를 향했다. 결국, 반주도 없이 생음악으로 함께 노래하며 볼품없게 끝나버렸다. 숱한 시간과 노력이 도로 아미타불 되었다. 행사가 끝난 후 장비를 확인해 보니 눈에 잘 띄지 않는 저 밑바닥 구석진 곳에 아주 작은 전원 차단장치가 오프(off) 상태로 볼썽사납게 숨어 있었다. 그것까지 미처 확인하지 못한 나의 불찰이었다.

나는 평소 까칠하기로 유명한 대대장님으로부터 불같은 질책을 각오하고 있었다. 그런데 웬일? 한 달이 지나고 두 달이 지나도 그 대형 사고에 관해 아무런 말씀이 없었다. 어느 편안한 회식 시간에 대대장님께 여쭤보았다. 왜 아무런 꾸중을 하지 않으시냐고…. 상급자였던 연대장님께서 "젊은 장교가 경험이 부족해서 그랬으니까 너무 혼내거나, 기죽이지 마시오. 실수한 것을 본인 스스로 잘 알고 있을 테니까."라고 특별히 신

신당부하셔서 가까스로 참았단다.

이 사건은 내게 많은 가르침을 주었다. 이후로 어떤 일이든지 사전에 세밀하게 점검하고 다시 한번 확인하는 습관이 생겼고, 연대장님처럼 포용과 용서의 리더십을 배우고 실천하고자 노력하였다.

살다 보니, 때로 단순하고 사소한 실수라도 누군가에게는 큰 아픔과 고통이 될 수 있다. 미필적 고의에도 무거운 책임이 따를 때도 있다. 하지만, 여전히 똑같은 실수를 반복하는 게 인간이다. 실수하는 자신을 명확하게 알게 해주는 것 중 하나가 스포츠가 아닌가 싶다. 테니스나 골프 등을 하면서 실수를 만회하려다 더 큰 실수도 한다. 실수가 너무 잦으면 자신감마저 위축될 수 있다. 실수했다고 인생마저 실패하는 것은 아닌데도. 프로들조차도 실수가 너무 잦으면 창피해서 게임 도중에 그냥 집에 가버리려고 한다.

공부할 때도 오답 노트가 중요하다. 자신이 왜 틀렸는지, 무엇을 잘 몰랐는지 실수를 통해 부족한 점을 보완하고 앞으로 틀리지 않으려 애쓴다. 성공한 사람들은 자신의 실수를 바로 인정하고 오답 노트를 쓴다. 시행착오를 통해 실수를 반복하지 않으려 노력한다.

똑똑한 사람은 자신의 실수로부터 배우지만, 현명한 사람은 타인의 실수로부터도 배운다. 삶의 과정에서 만났던 성공한 고수들은 실수에 대체로 너그러운 자들이다. 뭐, 그럴 수도 있다고 스스로를 위로하며 실수를 교훈 삼아 **빠르게** 성장한다. 성공하려면, 주요 국면에서 남보다 나은 실수를 얼마나 적게 하느냐가 관건이다[1].

---

1) "남보다 나은 실수를 얼마나 적게 하느냐가 관건이다."라고 함은 누구나 실수를 하게 되지만, 치명적인 실수보다 회복이 가능한 가벼운 실수가 더 좋으며, 그것도 가능하면 적게 하는 것이 성공하기 쉽다는 말이다.

작전참모처럼 일하라

"소통, 소통, 또 소통이다. 사람의 마음을 모으고 움직이는 것이 소통이기 때문이다."라고 했던 잭 웰치의 말처럼 원활한 소통은 조직의 핵심이다. 회사 대표(CEO)가 비록 농담처럼 흘린 사소한 말도, 지나치지 않고 관련 자료를 확인하여 회사의 이윤 확대와 연계한 방안까지 보고하는 직원이 있다면 언제나 인정받을 수밖에 없다.

예비역인 모(某) 선배가 군대의 정책부서에서 근무할 때 일화를 이야기해 준 적이 있었다. 선배의 직속상관이 어떤 중요사안에 대해 검토해서 보고하라고 지시했다. 1주일간 온갖 정성을 들여 보고서를 만들어 갔더니, 상관은 "보고서는 나중에 볼 테니까 두고 가라."면서 "앞으로는 작전참모처럼 일하라!"라고 주문했다. 작전참모? 작전참모 직책을 경험해보지 못한 선배는 그 의미를 바로 알아차리지 못했다.

그래서 당시 작전참모를 경험했던 동기생에게 "작전참모처럼 일하라"라는 의미가 무엇인지를 물었다. 동기생은 "작전참모는 어떤 지시를 받으면 언제든지 최단 시간에 보고하고 수시로 보고한다. 임무를 부여받고 1주일이 지난 후에 보고했으니, 아마도 지연 보고를 지적한 것 같다."라고 조언해주었다. 상관의 지시에 제대로 충실하기 위해 1주일 동안 충분히 검토하고 잘 준비하려 했던 선배는 이후부터는 방법을 바꾸어 상관과 수시로 소통하여 지침을 받는 등의 노력으로 그 임무를 성공적으로 잘 끝냈다고 한다.

지휘관(상관)이라고 늘 완벽할 수는 없다. 참모의 최초보고–중간보고–최종보고 과정을 통해 지휘관의 지침 변경, 결심 수정으로 그 시행착오를 줄여간다. 지휘관의 최종 결심 시간을 줄이기 위해 참모와 충분한 질문을 주고받으며, 다양한 방책을 수시로 자유롭게 토의해야 좋은 산물이 나올 수 있다.

참모를 잘하려면 무엇보다 의사소통 능력이 뛰어나야 한다. 지휘관의 까칠한 질문에도 언제든지 즉각 대응하려면 치밀한 업무 수행 능력과 올바른 품성도 필요하다. 상관의 질문에는 늘 정직하게 답변해야 하며, 순간 모면을 위한 어떠한 술수나 변명, 거짓도 허용되지 않는다. 그런 행위는 신뢰를 오히려 떨어뜨리는 행위다. 서로 찰떡같은 믿음이 형성되어야 한다. 미처 잘 알지 못하는 사실에 대해서는 바로 확인하여 보고하거나, 잘못된 보고는 인지 즉시 정정보고를 해야 한다.

의사소통은 상대방과 자기의 생각과 감정을 효과적으로 전달하고 이해하는 과정이다. 소통을 잘하려면 무엇보다 상대방의 말을 잘 경청하며, 궁금하면 바로 질문하거나 표정이나 몸짓 등으로 적극적인 관심을 나타내야 한다. 4가지 핵심 의사소통 방법에도 접촉(Touch), 눈맞춤(Eye Contact), 정서조율(Affect Attunment), 순서 주고받기(Turn taking)가 나온다. 상관이 부하직원의 건전한 건의를 무시하고 직위나 계급 등 자신의 권위만 앞세운다면 소통은 매우 어렵게 된다. 부하직원도 상관의 의도에만 맞추어 평정심을 잃거나 건전한 건의를 제때에 제대로 하지 못한다면 올바른 부하의 도리가 아니다. 또 SNS같이 상대방과 통화를 하지 않고 문자로만 대화를 주고받다 보면 간혹 불필요한 오해를 불러일으킬 수 있음도 명심해야 한다.

데일 카네기의 『카네기의 인생론』에서도 의사소통을 잘 하려면 "상대방을 비난하지 마라, 상대방의 자존감을 높여주어라. 상대방의 입장에서 생각하라."라고 한다. 나와 생각이 다르다고 감정적으로만 대응하지 말고 상대방의 의견을 최대한 존중하며, 합리적이고 사실적인 근거를 제시하여 설득할 수 있어야 한다.

　우리 집에서 아내는 아들딸들과 유능한 작전참모처럼 소통을 참 잘한다. 때로는 달래고 때로는 혼내고. 그래도 다들 엄마를 좋아한다. 나는 조직 생활을 오랫동안 했던 예비역임에도, 나이가 들어갈수록 소통은 여전히 어렵고 서투르다. 나도 어디에서나 소통을 잘하는 작전참모처럼 일하고 싶다.

가끔은 착각 속에 빠져 살고 싶다

　지인들과 즐거운 식사를 마치고 다른 장소로 이동해서 막 자리에 앉았을 때 갑자기 윗옷에 지갑이 없다는 걸 알았다. 그때부터 혼란스러웠다.

　분명 집에서 나올 때는 여느 때처럼 왼쪽 안주머니에 지갑을 넣고 오른쪽에는 휴대전화기를 넣었던 것 같다. 어디에서 없어진 것일까. 평일 한가한 시간대라 버스와 전철에서 누구와도 접촉한 적이 없었다. 더구나 그 지갑은 딸이 해외 전지훈련을 다녀오면서 사준 선물이라 평소 매우 아끼던 거였다. 외출할 때는 늘 몸에 지니던 소지품이라 집에 두고 왔을 가능성은 별로 없다고 생각했다.

　방금 다녀온 식당과 커피점에 다시 가서 확인했으나 역시 없었다. 분실 가능성이 크다고 보고 난생처음 분실물 신고센터

로스트 112에 인터넷으로 바로 신고했다. 집으로 허겁지겁 한달음에 달려왔다. 잃어버렸으면 어떡하지 전전긍긍하였는데 지갑은 책상 위 한구석에 고스란히 잘 모셔져 있었다! 마치 나의 기억을 비웃듯이 반쯤 입을 헤~ 벌린 채 그제야 착각이었음을 알았다.

그렇다면 평상시 나의 기억들은 정확한 것일까 하는 의문이 갑자기 들었다. 이렇게 기억이 사라지는구나. 기억이 사라진 회로를 곰곰이 따져보았다. 분명 아침에 윗옷을 입으면서 지갑을 잠시 책상 위에 올려놓았다. 그리고는 왼쪽 안주머니에 넣었다고 생각했던 지갑 대신 무의식적으로 먼저 눈에 띈 휴대전화기를 집어 들었고 이를 왼쪽 안주머니에 넣은 모양이다. 평소 오른쪽 안주머니에 넣던 휴대전화기는 당연히 이미 넣은 거로 착각해 버린 채. 아! 이렇게 착각하는구나. 나이 들어감에 이런 증상도 은근히 신경 쓰인다.

어느 노인이 수영장 탈의실에서 수영모를 쓰느라 끙끙거리며 고생하다가 바지를 입은 줄 착각한 채 그대로 맨몸으로 수영장으로 입장했다가 곤욕을 치렀다는 실수 경험담이 떠오른다. 여태껏 별로 이런 착각은 없었다. 착각이 없었다고 여기는 이런 기억도 착각인가? 갑자기 불안감이 급습한다. 혹시 그동안 나도 모르게 얼마나 많은 착각을 하며 살아왔을까?

착각은 단순한 지각상의 실수라기보다는 부정확한 지각을 유발하여 감각에 주어진 자극이 어떤 환경 조건에 따라 변했을 때 생기는 것이다. 어머니의 마지막 모습이 떠오른다. 어머니는 결국 인지능력이 떨어져서 자식도 몰라보는 착각 속에서 생을 마감하셨다. 나를 쳐다보면서도 내가 당신의 아들이라고는 전혀 알지 못하고 시선을 바로 딴 방향으로 바로 돌렸다. 당시에는 그냥 민망해서 그러신가 생각했다. 그만큼 충격이었다.

기억을 잃어버리면 바로 착각을 하기 쉽다. 늘 자기중심으로 생각하는 우리는 내 사랑은 영원할 거라는 착각, 회사는 영원히 나를 책임져 줄 것이라는 착각, 나는 영원히 살 것 같은 착각 등 하루하루 착각으로 본질을 잊어버리고 살고 있는지 모른다. 판단력을 잃어서 결혼하고, 자제력을 잃어서 이혼하고, 기억력을 잃어서 재혼한다는 아르망 사라클(프랑스 극작가)의 말처럼.

사노라면, 자신이 별처럼 빛나는 소중한 존재임에도 어디에 서든 더 이상 나의 쓸모가 없어진 것 같다는 착각을 하거나, 낮은 자존감으로 하릴없이 자책만 하고 있거나 남들과 비교하여 형편없는 놈이라고 착각할 수 있다. 도깨비 같은 정치 지도자에게 빠져서 비열한 품성과 형편없는 무능력자인데도 마치 이 시대의 영웅으로 착각하여 열렬한 지지를 보냈는지 모른다.

철석같이 믿었던 지갑에 대한 나의 착각이 나비효과처럼 많은 것을 생각하게 만든다. 그동안 살아오면서 나의 지질한 능력과 졸렬한 품성을 과도하게 포장하여 주변인들이 착각하게끔 했는지도 모른다. 그렇다면 정말 미안하고 미안한 일이다.

착각에는 커트라인이 없다고 했던가. 이왕 이런 착각을 앞으로도 계속하게 될 거라면 행복한 착각이나 하며 살아가야겠다. 집안에서 해와 같이 소중하다는 뜻을 품고 있는 안해(아내)가 어쩌면 이 세상에서 가장 아름다운 여인, 천사일지 모른다는 착각. 내 자녀들은 어쩌면 적어도 세상에서 부모를 가장 믿고 존경하리라는 착각, 내가 가진 게 별로 없어도 어쩌면 동료나 친구 그리고 가족은 나를 무시하지 않고 평생 버리지 않을 거라고, 적어도 애완견보다는 나의 서열을 높게 챙겨주리라는 착각 등등.

　때로는 이런 소소하지만 아름다운 착각들이 정말 나를 위로
해 주고 편하게 숨을 쉬게 해주는 원동력이 되어 준다. 이런저
런 행복한 착각으로 하루를 기분 좋게 보내고 싶다. 단, 오늘
도 외출할 때 지갑은 꼭 책상 위에 그냥 두고 나갈 거다.

스핑크스의 수수께끼와 직립보행

"목소리는 하나인데, 네 다리, 두 다리, 세 다리가 되는 것은? (What has one voice and become four-footed and two-footed and three-footed?)"

그리스 신화에서 여자의 머리를 가졌고 몸은 사자이며, 새의 날개에 꼬리는 뱀인 괴물 스핑크스가 바위산을 오가는 사람들에게 던진 수수께끼다. 그것을 풀지 못하면 잡아먹었던 이 문제를, 자신이 아버지를 죽이고 어머니와 결혼하게 될 것이라는 신탁으로 방황하며 이곳을 지나던 오이디푸스가 마침내 수수께끼를 풀게 된다. "그것은 인간이다(It's Man)" 이 신화가 주는 의미를 우리는 무엇보다 인간이 과연 자신에 대해 제대로 알고 있는가를 생각해 보라는 것으로도 해석하기도 한다.

인생을 생로병사(生老病死) 현상으로 간단히 설명하기도 한다. 태어나서 늙고 병들어 죽는 거라고. 맞다. 인생 뭐 별거인가? 인간이 다른 동물과 구별되는 특징 가운데 하나가 직립보행이다. 태어나자마자 바로 일어서지 못하는 유일한 포유류이자 호모 사피엔스(Homo sapiens)이지만, 부모의 지극한 보호와 관심 속에 1년쯤 지나면 혼자 직립보행이 가능하다.

그러나 직립보행은 시간이 갈수록 척추에 지속적인 부하가 가해지며 불안정하다. 척추는 중력의 영향을 받고 상체를 지지하는데, 자연스럽게 압력이 누적되어 디스크나 관절에 좋지 않은 영향을 준다. 척추는 직립보행이 가능하도록 S자 곡선 구조로 설계되어 있는데, 나이가 들어가면서 곡선이 변형되어 통증과 기능도 떨어진다. 또 척추 주변 근육과 인대도 시간이 지나면서 피로해지거나 약해져 척추의 안정성마저 깨지기 쉽다. 그래서 직립보행을 하는 인간은 올바른 자세 유지와 근육 강화를 통해 척추의 불안정성을 꾸준히 관리해야 한다.

스핑크스의 수수께끼를 예전부터 떠올릴 때면, 보행(步行)에 대해 생각하곤 했다. 나는 걷는 것은 자신이 있었다. 앞서 이야기한 대로, 어릴 때 산골짝에 살면서 초등학교 10리 길을 걸어 다녀서인지 모른다. 가끔은 혼자서 부엉이 울어대는 으스스한 밤길도 담대하게 걸어 다녔다. 사관생도 시절 잠을 자지 않고 걸었던 2박 3일의 100km 행군이라든지, 군 생활 내내 주기적으로 이루어지던 전술 행군, 오랫동안 취미로 즐겼던 등산 등. 걸으면서 쌓이는 체력과 자신감은 그런 나를 더 북돋워 주었다.

나이 들면서 보행 자세가 조금씩 변하는 것 같다. 예전의 힘차고 당찬 자세가 아니라, 다소 힘없고 처진 어깨 그리고 꾸부정한 허리, 고개는 떨구어지고, 어딘지 모르게 어긋난 신체적 불균형 등. 추운 겨울이면 호주머니에 손을 푹 찔러 넣고 잔뜩 웅크린 채로 종종걸음하고, 핸드폰을 보면서 주변을 살피지 않을 때도 더러 있다. 무릎도 약간씩 굽어지는 느낌조차 받는다. 예전에는 자동으로 쭉 펴지는 무릎이었다면 이제는 의식해야 겨우 그렇게 된다고나 할까. 노트북 보는 시간이 많아서인지 고개도 똑바로 쳐들지 않고 턱이 쭉 빠지면서 거북목처럼 굽는 느낌도 든다.

지병이나 선천적으로 보행조차 어려운 이도 있다. 동네 어떤 할머니는 거의 90° 굽어진 허리로 아무것도 없는 빈 유모차를 혼자 끌면서 날마다 운동하는 모습도 보인다. 제대로 걸을 수 있다는 것만으로도 사실은 행복한 일이다. 집 안에만 종일 박혀 지내는 어르신이 상상외로 많다. 병원이나 요양원, 요양병원에는 그냥 제대로 걸을 수만 있어도 좋겠다는 사람들이 정말 많다.

　20대의 팔팔한 사관생도가 처음 입교하게 되면 기본자세부터 교정시킨다. 팔자걸음은 물론이고 턱 밑에 연필을 끼워서 주름이 잡히게 하여 턱을 치들지 않도록 방지하고, 소위 0형 다리를 교정하기 위해 양 무릎 사이에 책받침을 끼어서 턱의 연필이나 무릎 사이의 책받침이 땅에 떨어지면 얼차려를 준다. 식사할 때도 꾸부정한 자세가 되지 않도록 직각 식사를 한동안 실시하고, 의자에 앉을 때도 등을 의자에 붙이지 않고 꼿꼿한 자세를 계속 유지하도록 강요한다.

　20대 초기에도 그런 자세를 유지하기가 쉽지는 않았지만, 강한 교정훈련의 결과로 좋은 보행 자세는 그래도 오래 유지했던 것 같다. 그러나, 스스로 교정해나가지 않으면 아무리 좋았던 자세도 나이가 들면 흐트러지게 마련이다. 장시간 운전하는 것도 보행 자세를 나쁘게 하며 드러누워 장시간 핸드폰을 보는 것도 그렇다. 이제부터는 팔다리를 활용한 스트레칭도 자주 해야 할 나이다.

보행할 때는 우선 어깨에 힘을 빼고 가슴을 활짝 펴면서 걸어야 한다. 고개와 턱은 약간 들어서 정면을 바라보며 양팔도 상방 15°로 앞뒤로 자연스레 흔들면서 걷는 것이 좋다. 무릎도 오므리지 말고 쭉 펴면서 걸어야 한다. 올바른 보행 자세는 근육 강화를 위한 달리기, 탁구, 테니스 등 적절한 운동을 병행할 때 더 효과적이다.

매년 정부에서는 100세가 되면 축하 기념으로 장수 지팡이(청려장)를 선물한다. 통일신라 때부터 조선 시대까지 왕이 직접 하사했던 지팡이다. 지팡이는 노화로 인한 다리 근육이 부족해 보조도구로 사용한다. 지팡이를 사용하면 유산소 운동량이 증가하고 무릎에 하중이 치중되는 것을 약 30% 상체로 분산하는 효과도 있다고 한다. 나이 들어도 무릎관절에 무리가 가지 않으려면 무릎 보호대, 테이핑 요법은 물론 지팡이 사용도 권장할 만하다.

예전에는 누가 나에게 "아직도 걷는 자세가 사관생도 같다"거나, "여전히 군인 자세가 나온다"라는 말들이 어색하게 들리던 때도 있었지만, 지금도 누가 그런 말을 할 때면 이제는 그렇게 반가울 수가 없다.

건강한 육체가 정신까지 지배하는 법이다. 나이 들면서 계속 흐트러지는 보행 자세를 틈틈이 잘 살펴서 교정해나가자.

그것이 직립보행하는 호모 사피엔스의 숙명적인 건강 필수 관리법 가운데 하나다.

그래도,
호기심만은 포기하지 말자

"이게 뭐예요? 저거는…? 왜?" 아이들은 자라면서 궁금한 것이 참 많다. 말문이 트이면서 본능적으로 호기심 많은 아이는 계속 물어본다. 부모는 나름대로 최선을 다해 답해준다. 요즈음이야 스마트폰에 대부분 답이 고스란히 있지만, 아이는 호기심 천국이다.

나도 어린 시절에는 숫기는 없었지만, 호기심은 참 많았다. 지금도 스마트폰이 바뀌면 작동법을 하나하나 배운다. 왜 이렇게 만들었을까? 저 사람은 왜 이런 행동을 하는 것일까? 이 감독은 영화를 왜 이렇게 만들었을까…? 매일매일 모든 것이 나의 호기심을 자극하지 않는 때가 없는 것 같다.

호기심(好奇心 Curiosity)은 우리가 새로운 것을 탐구하고, 새로운 경험을 추구하는 욕구다. 만일 우리에게 호기심이 없다면, 우리의 삶은 새로운 것을 배우지 않고 새로운 경험을 하지 않으려는 지루함의 연속일 것이다. 공부할 때나, 여행할 때나, 운동을 배우면서 호기심이 없다면 성장도 더 기대하기 어렵다. 호기심은 일종의 관심이다. 어떤 대상에 흥미를 느끼고 즐거워야 계속 지속할 수 있다. 호기심은 우리의 뇌를 자극하며 심심하지 않게 해준다.

2023년에 100세로 세상을 떠났던 미국 前 국무장관 헨리 키신저의 장수 비결을 그의 아들 데이비드는 "지치지 않는 호기심(unquenchable curiosity)으로 세상과 역동적으로 관계를 맺었기 때문"이라고 했다. 95세에는 AI(인공지능)까지 공부했다고 한다. 괴테도 명작 『파우스트』를 60세에 쓰기 시작하여 82세에 탈고했다. 노인이라도 호기심이 지치지 않는 이는 청년 못지않고, 아무리 청년이라도 호기심이 멈추어 버리면 꿈을 지워 버린 전형적인 노인과 다를 바 없다.

모든 리더는 늘 호기심이 넘쳐야 하고, 새로운 아이디어를 이끄는 질문 방법도 잘 알아야 한다. 호기심을 가진 사람들이 성공한다. 세계적인 물리학자 알베르트 아인슈타인도 "나는 특별한 재능이 없다. 단지 열정적으로 호기심이 많다"라고 했다. 지적 호기심은 때로 우리의 정신을 날카롭고 민첩하게 유지해 준다. 호기심은 훌륭한 저널리스트, 작가, 발명가 또는 과학자 등 전문가가 되기 위한 필수 요소이기도 하다.

호기심은 지금 하는 일에 더 관심을 가지고 적극적으로 참여하게 하여 지금보다 더 잘할 수 있게 도와준다. 호기심은 다른 사람들과의 관계를 강화하는 데도 도움을 준다. 사람들은 서로 진정한 호기심을 보일 때 더 따뜻하고 매력적으로 평가한다고 한다. 사랑하는 남녀 사이도 호기심이 사라지게 되면 더이상 매력을 느낄 수 없어 결국 관계도 시들하게 되어 헤어지는 사례가 빈번하다.

젊은 시절, 누가 어떤 여자가 좋으냐고 질문할 때면, 나는 밥 같은 여자와 사귀고 싶다고 했다. 밥은 아무리 먹어도 먹어도 질리지 않는 것처럼 호기심을 갖게 만드는 사람이 매력 있다고 여겨서다. 때로 호기심은 신뢰를 줄 수도 있다. 어떤 연구결과에 따르면, 의사와 환자의 관계에서도 서로 진정으로 호기심을 가질 때 환자가 분노와 좌절감을 덜 느끼고 궁극적으로 치료 효과도 높아진다고 한다.

호기심은 양날의 검이기도 하다. 흥미로운(Interesting) 호기심이 있는가 하면, 파괴적인(Destroy) 호기심도 있다. 판도라도 호기심을 결국 참지 못하고 상자를 여는 바람에 온갖 욕심과 질투, 시기, 각종 질병 등이 순식간에 이 세상에 나왔듯이. 아담과 이브도 결국 호기심을 참지 못해 낙원에서 쫓겨났다. 최근 국내에 급속도로 유통되고 있는 마약과 같은 것에 함부로 파괴적인 호기심을 발동하다가는 인생을 망칠 수 있다. 또 특정 사람에 대한 지나친 호기심이 일거수일투족을 감시하는 병적인 집착으로 번지게 되면 또 다른 문제를 일으킬 수 있다.

인간관계에서도 그 사람을 단지 있는 그대로의 모습이나 현상으로 이해하고 따뜻하게 받아들이려는 자세가 아니라, 왜 그랬냐고 따지는 질책성의 호기심은 두 사람 관계를 더 멀어지게 만들기도 한다. 살다 보면, 때로 나의 양어깨를 늘 내리누르고 있는 스트레스에 짓눌러서, 거듭되는 실패에 너무 지쳐서 호기심마저 포기하고 싶은 경우도 생긴다. "나는 왜 목표를 제대로 달성하지 못할까. 왜 우승하지 못할까. 왜 하는 일마다 이다지도 안 되는 걸까. 왜? 왜? 왜?"

비록 처음에 뜻한 대로 이루어지지 못해도, 자존감이 한없이 추락하더라도 삶의 호기심만은 버리지 말자. 호기심을 다시 한번 자극해 보자. 스스로 자신을 질책만 하게 하는 "왜?"가 아니라, 어린 시절 순수하게 "왜?"라고 끝까지 물어보던 그 호기심으로 다시 돌아가 스스로 질문하고 답을 찾아보자. 굳이 답을 꼭 찾지 못해도 괜찮다.

아인슈타인도 "중요한 것은 질문을 멈추지 않는 것이다. 호기심은 그 자체로 존재 이유가 있다."라고 했다. 호기심은 우리에게 삶을 더 풍요롭고 더 충만한 곳으로 안내해 준다. 우리의 의식이 깨어있는 동안에는 호기심 어린 눈으로 이 세상을 바라보자. 호기심마저 없다면 무슨 낙으로 저무는 저 노을을 바라볼 것인가. 저 노을이 지고 나면 내일 아침엔 찬란한 태양이 또 뜰 거라는 기대와 호기심만큼은 남겨두자.

하여튼, 아무리 나이가 들어도 모든 것을 통찰하려는 끈질긴 호기심만은 포기하지 않으련다.

달면 질린다
적당히 써야
인생이다

신강

제2장
희망을 품고

"이젠 더 붙잡을 수 없는 악수,

정답던 시선과 미소,

삶이 무거워 시(詩)가 사라져버린 표정들.

어떤 고난과 시련 속에서도

별이 여전히 빛나고 있다는 것은

내겐 언제나 희망이고 위로다."

아. 나의 보로메 섬

오늘처럼 이렇게 바람이 세차게 부는 날이면,
나의 보로메[2] 섬으로 떠난다.

그 섬에는 아무도 없다. 섬에 발을 내딛는 순간, 오직 햇빛
과 바람과 파도의 속삭임만 들려온다. 섬은 나에게 자신을 바
라보는 시간을 돌려주고, 내 안에 숨어 있던 생각들이 천천히
드러나게 해준다. 인생의 갈림길에서 마주한 숱한 선택들, 그
선택이 남긴 흔적들. 섬을 탐험하면서 나는 잊고 있었던 추억
들도 만난다. 어린 시절의 꿈, 사랑했던 이들의 기억 그리고 잃
어버린 열정….

한동안 매년 1~2회 정도는 제주도를 홀연히 다녀온 적이 있
었다. 그냥 멀리서 한라산의 자태만 바라보아도 마음이 푸근

---

2) 지상 낙원의 모습으로 상상하는 보로메 섬은 스위스 국경에서 가까운 이탈리아 북부 피
에몬테 지방의 마조레 호수에 있는 다섯 개의 섬 중 하나다.

했었다. 쉽게 다녀올 수 있는 한라산 영실코스를 특히 좋아했다. 마음이 메마를 때는 집 가까이 강화도의 마니산도 후딱 다녀왔다. 백령도와 연평도, 울릉도와 독도도 가보았지만, 하루에 다녀오기에는 거리가 너무 멀고 북한과 가까운 접경지역이라 마음도 심란해져서 쉽게 다가가기 어려웠다.

내게 섬이란, 고독하지만 그 늪에서 빠져나오면 늘 든든한 힘이 되어 주고, 자아 발견을 하게 해주는 그런 존재다. 바다 냄새와 갈매기 울음소리가 가까운 곳에서 태어난 나는 멀리 조그마한 무인도를 바라볼 때면, 무언가를 늘 그리워하고 그곳에 왠지 늘 가보고 싶었던 그런 곳이다.

어쩌면 우리 인생도 하나의 섬일지 모른다. 인간의 눈에는 더없이 넓은 이 지구도 우주라는 광활한 차원에서 보면 한 점의 섬에 불과할지도, 우리가 보내는 하루라는 삶의 궤적도 회사, 집, 또 어떤 장소로 이어지는 하나의 섬과 같은 형상. 기동이 불편한 노인이나 환자에게는 그들이 지내는 공간이 곧 그들의 섬일 수 있다. 어떤 이는 평생 마음속에조차 섬 하나를 품고 지내는 이도 있다.

우리가 섬을 사랑할 수밖에 없는 이유는 섬이 신비롭기도 하지만, 외로운 우리 인간을 너무 닮아 고독하게 보이기 때문이 아닐까. 하여튼 인간은 그 고독 속에서도 서로 연결되어 있고, 그 연결이 결국 삶의 의미를 새롭게 만든다는 사실도 뒤늦게 깨닫고 있다.

알베르 카뮈의 고등학교 철학 스승이었던 『섬』의 저자 장 그리니에는 "여행해서 무엇하겠는가? 산을 넘으면 또 산이요 들을 지나면 또 들이요 사막을 건너면 또 사막이다. 결국 절대로 끝이 없을 테고 나는 끝내 나의 둘시네아[3]를 찾지 못할 것이니 그저 영광스러운 대용품들이나 찾을 수밖에 없다. 태양과 바다와 꽃들이 있는 곳이면 어디나 나에게는 보로메의 섬들이 될 것 같다."라고 했다.

나도 언제든지 마음만 먹으면, 나만의 보로메 섬으로 훌쩍 떠날 것이다. 세상이 꼭 내 뜻대로 되지 않는다는 사실과 고독은 이제 더 방황과 두려움의 대상이 아니라, 나를 더 성장하게 해준다는 사실을 알았기에. 즐겨 찾는 집 앞 호수공원이

---

[3] 돈키호테의 상상 속에만 존재하는 수수께끼의 여성

든, 뒷산의 작은 언덕이든, 은은한 커피 향이 퍼지는 동네 커피점이든 내 마음을 잔잔하게 해주는 섬 같은 분위기가 나는 곳이면 다 좋다. 그곳이 나의 보로메 섬이다.

나의 보로메 섬은 단순한 장소가 아니라, 내 마음의 거울이다. 밤이 찾아오고 별들이 하늘을 수놓을 때면 그 신비로움에 다시 감탄한다. 이젠 더 붙잡을 수 없는 악수, 정답던 시선과 미소, 삶이 무거워 시(詩)가 사라져버린 표정들…. 어떤 고난과 시련 속에서도 별이 여전히 빛나고 있다는 것은 내겐 언제나 희망이고 위로다.

별이 보이는 그 섬에서 나는 바다 냄새를 맡고, 햇살을 쪼이면서, 새들의 지저귐을 들으며 숱한 아쉬움을 뒤로 하고 새로운 시(詩)를 발견하는 재미와 뒤늦게 알아차린 이 놀랍고 행복한 고독을 오래오래 즐기며 더 사랑하리라.

피할 수 없는 상황의 미학

우리 삶에는 예기치 못한 상황이 늘 도사리고 있다.

때로는 그런 상황들이 우리를 압도하고, 우리는 그것을 피하려 한다. 하지만 모든 상황을 피할 수만은 없다. 그럴 땐 어떻게 해야 할까? 미국의 심장 전문의사 로버트 엘리엇의 『스트레스에서 건강으로 – 마음의 짐을 덜고 건강한 삶을 사는 법』에 "피할 수 없으면 즐겨라(If you can't avoid it, enjoy it)."라는 말이 나온다. 예비역이면 군대에서 누구나 한 번쯤 들어본 말이다. 이 말은 우리에게 아무리 힘든 상황이지만, 주어진 상황을 받아들이고, 그 안에서 즐거움을 찾으라고 가르친다.

사노라면 실패는 누구에게나 흔히 찾아오는 피할 수 없는 상황이다. 실패와 좌절을 통해 우리는 배우고 또 성장한다. 피할 수 없는 실패를 경험한 후에는 그것을 분석하고, 다음에는 더 나은 방법을 찾아 시도할 수 있다. 실패를 즐길 것은 아니지만, 실패에서 교훈을 찾고, 그 과정을 즐길 수 있다면, 우리는 더 강해질 수 있다. 영화 〈죽은 시인의 사회〉에서 키팅 선생이 말했던 "카르페 디엠(Carpe Diem). 현재를 즐겨라. 너희들의 삶을 특별하게 만들어"도 결국 그런 맥락이다.

그러나 아무리 피할 수 없는 상황이라도 피할 수만 있다면 피하는 것이 사실은 상책이다. 피할 수 없으니 당연히 즐길 수도 없을 때가 있다. 느닷없이 불청객 암이 찾아왔을 때, 가족이나 친한 친구가 갑자기 세상을 떠나거나, 마음의 준비도 안 되었는데 애인이 예기치 못한 이별을 알려올 때, 나이는 들어가는데 이루어 놓은 것은 없고 당장 무엇이라도 할 수 없을 때도 그럴 것이다. 내 잘못이 아님에도 내 탓인 양 자책만 한다. 그럴 때가 있다. 이럴 때는 아무리 화가 나더라도 자신에게 좀 너그러워져야 한다.

아무리 죽을 것 같은 순간도 다 지나가게 되어 있고, 그렇게들 살아간다. 모든 상황에서 굳이 즐거움을 찾으려고 스스로 압박하지 않아도 된다. 따뜻한 차 한 잔, 친구의 격려 등 작은 것에 감사하고, 미래에 대한 걱정이나 과거의 후회보다는 현재 이 순간에 집중하면서 나를 토닥이고 산책이나 목욕, 스트레칭, 휴식 등으로 자기 자신을 우선 돌보는 시간을 가져보자.

물론 당연히 힘들겠지만, 지금보다 더 느긋하게 세상을 관조하는 삶의 태도는 나를 더 유연하면서도 더 강하게 만들어 줄 것이다.

우리는 살아가면서 나름대로 어떤 의미와 본질을 찾아보려 무진 애를 써보지만, 현실에서는 턱도 없이 불합리하고 부조리한 현장들을 자주 만난다. 인생의 경험이 쌓이면서 혼자서는 아무리 애를 써봐도 세상의 질서를 내 마음대로 바꿀 수 없다는 사실도 절감한다. 자신에게 닥치는 역경은 피하고 싶지만, 뜻대로 잘되지도 않는다. 누구나 자기만의 묵직한 바윗덩어리를 안고 살아간다. 행복해 보이는 사람들조차 말 못 할 사연 하나씩은 가지고 있다. 우리가 사는 세상은 그러한 곳이다.

알베르 카뮈는 『시지프 신화』에서, 산 정상까지 바윗덩어리를 굴려서 올라갔다가 다시 내려오는 벌을 반복하는 시지프조차도 한없이 슬프고 불행하기만 한 것이 아니라, 오히려 행복해질 수 있다고 강변한다. 곧 숨이 끊어질 듯한 운명이지만 이를 순순히 받아들이고, 오히려 산에서 내려오는 동안에는 자기반성과 성실함을 유지하다 보면 반복되는 서글픈 일상에서도 나름대로 행복을 찾을 수 있다고 말한다.

인간은 결국 인간 자신의 목적이 되어야 한다. 스스로 살아가는 날들의 주인이다. 이 부조리한 세상을 살아가는 인간은 자신의 고통을 제대로 똑바로 응시할 때만이 비로소 어떻게 살아가야 할지 그 방법이 보인다. 현실을 외면하지 말고 직시(直視)하자! 그리고 이 현실을 인정하고 그냥 온전히 받아들이자. 마치 군인이 보초를 설 때 가장 중요한 것은, 내가 적보다 먼저 발견해야 대처가 가능한 것처럼, 눈앞에 놓여있는 현실을 두 눈 부릅뜨고 잘 살피자. 그러면 희미한 가운데서도 표적이 선명해지듯 어떻게 해야 할지 방법이 보일 것이다.

물론, 때로 종교에 의지도 해보고, 세상을 향해 아무리 울부짖어 보아도, 그 누구도 명쾌하게 내 존재의 의미와 본질에 대한 답을 가르쳐주지 못한다. 죽음의 신(神)을 속인 죄로 영원할 벌을 받는 시지프도 마음먹기에 따라 행복해질 수 있다는데, 훨씬 무고한 우리는 왜 행복하지 못할까. "신은 죽었다"라고 하면서까지 인간 존재의 위대함을 외친 니체가 눈앞에서 어른거린다. 아무리 세상이 모순덩어리라고 해도 행복으로 승화시켜 나가는 인간의 열정과 긍정의 에너지, 분명한 자기 인식은 인간을 더 인간답게 만드는 자극제이며 원동력이 될 수 있다.

  내게 부닥친 이 상황을 미처 즐기지는 못하더라도, 지금처럼 힘내어서 긍정적으로 받아들이고, 내 모든 열정을 다해 살아보는 것. 그냥 오늘 하루도 다람쥐 쳇바퀴같이 피할 수 없는 내 삶이지만, 감히 행복한 시지프가 되어보려 몸부림치는 것. 그것만이 지금을 제대로 살아가는 지혜가 아닐까 싶기도 하다.

이름,
가장 아름답고 소중한 단어

이름, 그것은 단순한 소리의 조합이 아니다. 이름은 각 개인의 존재를 지칭하며, 그 자체로 깊은 의미와 정체성을 담고 있다. 우리는 이름을 통해 자신을 발견하고, 타인과의 관계를 형성하며, 인생의 길을 걸어간다. 이름이란 무엇인가? 이름은 바로 우리가 이 세상에 존재하는 방식을 알려주는, 가장 소중하고 아름다운 단어이다.

과연 언어가 존재의 본질을 의미할 수 있을까. 이름은 단순한 기호 이상의 의미를 지닌다. 그 자체로 완결된 것이 아니다. 이름을 부를 때마다 우리는 그 이름에 담긴 스토리와 감정을 함께 떠올린다. 친구가 이름을 부를 때는 친밀감이 느껴지고, 선생님이 부를 때는 존경과 신뢰가 담긴다. 이름은 그 사람의 존재를 공감하고 이해하려는 다른 이들의 마음을 전달하는 매개체이기도 하다. 이름을 통해 우리는 각자의 고유한 개성과 특별함을 인식하고, 이를 존중하는 법을 배우게 된다. 예를 들어, 〈보미〉라는 이름을 가진 사람을 보면, 그 이름이 담고 있는 따뜻함과 희망을 상상하게 된다. 〈지혜〉라는 이름을 가진 사람은 그 이름만으로도 지적인 깊이를 상징하며, 우리는 그 사람에게 자연스럽게 지혜로운 이미지를 떠올리게 된다.

"이름이 그 사람을 만든다."라는 말도 있다. 이름을 부르기 전까지는 아무런 상상이 생기지 않는다. 이름에는 각 개인의 역사와 가문, 그리고 부모의 마음도 담겨 있다. 부모는 자녀에게 특별한 이름을 붙일 때, 그 이름에 자신들이 꿈꾸는 최고의 희망을 담는다. 따라서 이름은 그 자체로 부모의 사랑과 염원을 내포하고 있으며, 자녀에게는 세상에서 자신의 정체성을 확립하는 중요한 역할을 한다.

회사 이름이나 상호를 자기의 이름으로 작명하는 이도 있다. 넘치는 자신감과 자긍심의 표현이다. 집안마다 돌림자(字)를 사용함으로써 씨족의 연을 이어가기도 한다. 할아버지가 작명하든지 유명 철학관에 가서 작명하든지 그 이름이 지닌 뜻과 함께 성장하는 사람은, 그 이름의 의미를 삶 속에서 실현해 나가려는 무언의 의무를 느끼기도 한다. 흔히 어려운 결단이라도 할 때면 "내 이름을 걸고!" 호언장담도 한다. 어떤 때는 이름을 믿고 과감하게 투자하기도 한다.

전 세계인이 가장 호감을 느끼는 단어가 "엄마(mother)"라고 한다. 그러나 엄마 못지않게 엄마가 품어준 자신의 이름부터 먼저 소중하게 생각해야 한다. 자신도 제대로 보살피지 못하는 비정한 사람은 엄마는 물론 누구에게도 넉넉한 틈을 주기 어렵다.

이름이 담고 있는 의미는 시간이 흐를수록 더욱 선명해진다. 같은 이름일지라도 그 사람의 살아온 역사는 각각 다르다. 인생은 변화무쌍하고 때로는 혼란스러울 수 있지만, 이름은 변하지 않는 상수로서 우리의 존재를 지탱해 준다. 입신양명(立身揚名). 이름을 빛낸 이들에게는 그에 따르는 책임도 크게 따르는 법이다. 어떤 이는 개명(改名)을 통해 새로운 삶의 변화를 시도할 수도 있지만, 이름은 개인적인 성격과 특징을 넘어서, 그 사람의 꿈과 희망, 인생의 여정을 함께 기록하는 특별한 단어다.

직장생활에서는 이름보다는 직책을 더 많이 부르는 편이다.

가끔 직책 이름은 생각나는데 정작 당사자의 이름이 기억나지 않는 사람도 더러 있다. 장관이나 국회의원 출신은 현역에서 물러나도 평생 장관님이나 의원님으로 호칭한다. 벼슬 덕을 오랫동안 누리며 대우 아닌 대우를 받는 경우가 많다. 중요한 것은 현재인데 말이다. 결혼하여 자녀가 태어나면 부부끼리도 〈○○아빠〉, 〈○○엄마〉 호칭을 더 자주 사용하고 듣는다. 나의 본래 이름을 되찾아야 한다. 이름이 잊힐수록 정체성도 희미해진다.

우리가 이름을 부를 때마다, 그 이름에 담긴 의미와 가치를 되새기며 그 존재를 소중히 여기는 것이야말로, 이름의 진정한 가치를 이해하는 길이 아닐까. 한자 문화권이었던 우리나라는 이름은 부모가 주신 너무 소중한 것이라 여겨서 부모님이나 스승, 왕 외에는 함부로 부르지 못한 때도 있었다. 따라서 결혼 전까지 쓰던 이름인 아명(兒名)이 따로 있었을 정도다. 하여튼, 이름은 단순히 부르는 호칭만이 아니라, 인생 속에서 끊임없이 살아 숨쉬는 단어이다. 우리는 이름을 통해 서로를 이해하고, 존중하며, 사랑하는 법을 배우게 된다. 나의 이름이 소중하듯이 남의 이름 또한 소중하고 귀하게 대해야 한다. 아름답고 소중한 이름. 이제는 자주자주 불러주자.

봄, 희망의 서곡(序曲)

언제나 봄이 오려나.

낮 기온이 20℃나 되었다. 여태껏 영하의 온도에서 찾아온 봄의 첫걸음이 느껴졌다. 오랜만에 편안한 옷차림으로 느긋하게 동네 한 바퀴를 돌았다. 이런 날씨가 그리웠는지 집 밖으로 많이들 나왔다. 아이들은 물론 반려견까지 유모차에 태워서. 지나치는 반려견끼리도 반갑다고 난리다. 맑은 하늘이 좋아서, 따사한 햇살이 반가워서 걷다 보니 3시간도 힘들지 않게 훌쩍 지나가는 3월 하순 우리 동네의 풍경이다.

봄은 참 좋다. 내가 봄에 태어나서일까. 하여튼 내게 봄은 겨울 동안 죽은 듯 봉인되어 있던 생명체가 기지개를 켜면서 설렘과 함께 희망으로 다가오는 느낌이다. 각인된 나의 봄은 산에서부터 시작된다. 어린 시절에 산에서 주운 마른 솔방울과 나무 잔가지를 꺾어서 아궁이에 불 때며 지내던 한겨울 산속 탄광촌에서, 군복 입고 수없이 돌아다니던 산속의 진달래와 개나리 꽃망울에서 늘 발견되었다. 겨울을 잘 버티고 이겨낸 성장 느낌. 새로운 출발 선상에 서 있음을 늘 알려주던 시간이 봄이었다.

헤르만 헤세도 "봄은 삶의 시작이다. 겨울의 죽음과 쇠퇴에서 벗어나, 새로운 생명과 희망을 잉태하는 계절이다."라고 했다. 봄을 좋아했던 나는 첫딸 이름도 보미(봄의 연음)라고 지었다. 모두에게 희망을 주는 사람이 되면 좋겠다는 생각에서. 딸은 무난하게 꿈에 그리던 골프 프로선수가 되었고, 우리 가족에게는 늘 희망이었다. 지금은 은퇴하여 또 다른 길을 봄처럼 야멸차게 걸어가고 있다.

삶에도 봄·여름·가을·겨울이 있다. 나는 아마 가을쯤 되는 여정을 걷고 있다. 이젠 수확의 기쁨을 즐기며 겨울을 맞이하는 시간이다. 중년을 지나 장년의 세월을 지나고 있다. 곧 다가올 겨울을 잘나기 위해 나름대로 준비도 열심히 하고 있다. 무료하게 보내는 것보다 가치 있는 일을 해보고자 노력도 한다. 건강관리도 하면서 어쨌든 적어도 자식들에게는 폐를 끼치고 싶지 않다. 부부 간병인보험에도 가입하고 이런저런 보험들도 재정리했다.

나의 봄은 어땠을까. 돌아보면 무엇이 정의로운지, 무엇이 잘못되었는지조차 구분하기 어려운 혼동 속에서 허겁지겁 살아온 것 같다. 나답게 생각하고 행동하며 살아가는 방법을 찾으려 하기보다 변명 같지만, 집단 속에 파묻혀 소신 없이 어우러져 제대로 나를 찾아볼 틈도 없었던 시간이었다. 어쩌면 소신 없음이 소신처럼 되어버린 삶을 살아왔는지도 모르겠다. 그 어떤 실패도 결코 실패가 아니라 유의미한 경험의 축적이라는 사실을 일찍 깨달았다면, 그 어떤 고난이나 어려움도 훨씬 쉽게 이겨낼 수 있었고 자신을 제대로 돌아보았을 것이라는 아쉬움이 많이 남는다. 여러모로 미숙했다.

봄은 언제나 새로운 기회를 주는 희망의 서곡(序曲)이다. 그 암울하던 매 순간에도 봄 같은 희망의 불씨가 살아있었기에 지금의 내가 있지 않을까 하며 스스로 위안 삼기도 한다. 인생의 봄은 때로 예기치 못한 순간에 나타나기도 했다. 힘들어서 올해만 골프하고 그만두겠다고 했던 딸이 마침내 극적으로 KLPGA 첫 우승을 했을 때나, 무작정 전역 지원서를 던져놓고 이 사회에 아무 대책 없이 나왔던 그 순간에 바로 찾아온 재취업의 소식, 마침내 공무원 시험에 힘겹게 합격한 막내딸이 대한민국의 자랑스러운 공무원이 되었을 때 등, 도저히 끝이 보이지 않는 동굴 같았던 그 어둡고 긴 터널을 지났을 때 마침 내 기다리고 있던 따사한 햇살과 부드러운 봄바람을 아마 평생 잊을 수가 없을 것이다.

　동네를 산책하는 사람들의 행복해하는 표정에서도 이 한갓진 오후의 내게도 다시 한번 생동하는 봄기운이 전달되는 듯하다. 올해도 그 추웠던 겨울을 기어코 이겨내고 어김없이 화사한 봄이 찾아오긴 오는 모양이다.

부담은 특권이다

"부담은 특권이다(The burden is a privilege)"라는 말이 있다. 매년 US오픈이 열리는 USLTA 빌리진킹 내셔널 테니스 센터의 메인 코트인 아서 애시 스타디움으로 들어서는 벽면에도 이 명언이 새겨져 있다.

누구나 부담을 느끼게 되면 자신도 모르게 긴장하고 떨기도 하며 심장은 벌컥벌컥. 심신이 흥분하게 된다. 나도 예전에 중요한 업무발표회에서 발표자에 맞춰 손가락으로 자판기 엔터키만 두드리면 되는 단순한 역할을 해야 할 때가 있었는데 그 사소한 행위조차 얼마나 떨리던지. 이렇듯 부담은 부담일 뿐일진대 오히려 이런 부담이 특권이라니!

자신에게 쏟아지는 온갖 심적 부담을 잘 극복하게 되면 오히려 특권처럼 누릴 수 있다는 의미일까. 2만 3천 명 이상을 수용하는 아서 애시 스타디움에 입장하는 선수 모두에게 이

순간을, 이 특권을 그래서 즐기라는 것 같다. 이 부담도 현재 이 위치까지 오른 그대만이 느낄 수 있는 특권이며, 아무에게 나 함부로 주어지는 것이 아니다.

운동선수들에게 대회나 시합 간에 발생하는 심적 부담은 어쩔 수 없는 자연 발생적이다. 선수들은 평소에도 자신의 실력과 결과에 대한 기대와 함께 많은 사람으로부터 관심을 받는다. 성과가 좋으면 좋을수록 더 잘해야 한다는 심적 부담도 더 커지게 마련이다. 반면에, 적절하게 긴장을 잘 조정하게 되면 이런 부담은 자신에게 선택된 낙관주의와 긍정적인 에너지도 가져다줄 수 있다.

한때 테니스계에서 부동의 세계 1위를 고수했던 조코비치도 "세계적인 스타로서 느끼는 부담을 어떻게 대응하고 있는가?" 라고 묻는 기자 질문에 "압박감은 특권이다. 정상에 오르고 싶다면, 압박감에 어떻게 대응할지를 먼저 배워야 한다."라고 말했었다.

물론, 아무리 부담이 필요한 특권이라고 해도 살다 보면 불가피하게 발생하는 이런저런 삶의 무게, 그 엄중한 부담감 때문에 적잖게 스트레스를 받는 것도 사실이다. 이 순간에도 누군가는 이 부담이 특권은커녕 이 부담 때문에 죽을 듯 고통을 받을 수도 있을 것이다. 나도 가끔 먹고사는 아주 사소한 일부터 막중한 일까지 내 마음을 짓누르는 이놈의 부담감만 사라져준다면 얼마나 좋을까 싶을 때도 있었다.

"부담은 특권이다"라는 말에는 일종의 특권을 누리려면 이 정도의 부담은 느껴야 한다는 의미도 될 수 있으리라. 부모가 자녀를 키울 때 심정도 마찬가지가 아닐까. 대부분 부모는 자녀 학비나 장래 문제 등 때로는 책임감으로 때로는 의무감으로 양육 자체가 부담스러울 수는 있지만, 그것이 두려워서 스스로 책임을 회피하는 경우는 드물다. 선생님이 학생을 가르치는 것도 그러하다. 교육과 훈육이 그들의 책무이지만 마찬가지로 누구도 포기하지 않는다. 기꺼이 자신을 희생하고 도우려 한다. 학생들 또한 공부하면서 느끼는 심적 부담감이 당장은 힘들어도 미래를 위해 필요하다고 받아들인다.

CEO나 대표이사와 같은 회사를 운영하는 이들도 많은 부담을 갖는다. 회사의 성장과 발전 그리고 직원들의 안정적인 일자리를 보장하는 것이 그들의 책임이다. 직원 몇 명 안 되는 중소기업을 운영하는 것도 참 힘들고 어렵다. 업종별로 규모 기준이 다른 중소기업에서도 어떤 회사는 가족들 생계도 유지하기 힘든 반면, 막강한 강소기업도 있다. 중소기업 대표들은 통상 매월 월급날이 돌아올 때면 그렇게 부담스러울 수가 없다고 하면서도 이를 감내하며 회사를 성장시키는 소명을 스스로 자랑스러워한다. 한번 책임 있는 역할을 맡게 되면 쉽게 포기할 수 없고 함부로 포기하지 못하니, 책임도 아무나 가질 수 없는 일종의 특권인 셈이다.

이처럼 자기 삶의 의미에 소중한 가치를 더 보태려면, 부담도 스스로 받아들일 줄 알아야 한다.

언젠가는 그 부담도 해결될 날이 오지 않겠는가…. 아무리 부담이 특권이라고 해도 이런 부담이 정말 부담스럽다면 그 자리를 내려놓거나, 하는 일을 접으면 된다.

부담을 더 부담스러워하지 않고 내게만 주어진 특별한 권리라고 여기며, 책임지고 감사하는 마음으로 바라본다면 그 부담, 조금이나마 더 가벼워질 것이다.

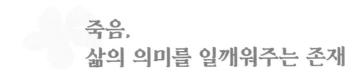

죽음,
삶의 의미를 일깨워주는 존재

죽음이라는 존재는 우리에게 늘 삶의 유한을 깨닫게 해준다. 간간이 들려오는 누군가의 부고(訃告) 소식은 내가 누리는 이 삶이 언제까지나 영원하지 않다는 사실과 여생(餘生)을 더욱 간절하고 의미 있게 살라는 메시지로 받아들이게 한다. 며칠 전, 친구의 갑작스러운 부고를 받았다. 야외에서 자전거를 타다가 심장마비로 죽었다. 직장동료 부친도 심근경색으로 갑자기 돌아가셔서 조문 다녀온 지 하루만이었다. 어제는 암 투병 중이던 옛 전우의 아내가 죽어서 문상을 다녀왔다. 앞으로도 이런 부고는 계속 전해질 것이다.

누구나 그러하듯 장례식장을 다녀오고 나면 늘 마음이 편하지 않다. 평소 죽음이라는 존재를 잊고 살고 싶은 것이 인지상정(人之常情)인데도 유족이 지탱해야 할 삶의 무게가 슬퍼 보여서인지 나와 맺었던 인연의 상실이 슬퍼서인지 모르겠다.

하여튼 가까운 이와의 이별은 특히 가슴 아픈 법이다. 초등학교 4학년 때 나를 무척 아껴주시던 담임선생님이 당직 근무 중에 갑자기 돌아가셨다. 당시 반장이었던 내가 장례식에서 조사(弔詞)를 낭독하게 되었는데, 준비한 문장 두어 줄 읽고는 울음이 북받쳐 결국 통곡하고야 말았다. 울지 않으려 그렇게 애썼는데 전 학생과 교직원 모든 이들이 함께 울었던 슬픈 기억이 떠오른다.

하루 일을 끝내고 주무시듯 간밤에 편히 돌아가신 할머니의 시신을 자그마한 관으로 직접 옮기면서(당시 나는 양손으로 할머니의 발목을 붙잡고) 차가운 시신에서도 할머니의 사랑이 오롯이 전해옴을 느꼈다. 오랫동안 홀로 사시다가 돌아가신 강건하셨던 할아버지도 할머니를 이미 보낸 후라 편안한 마음으로 보내드릴 수 있었다.

갑자기 뇌출혈로 요양원에 입원하셔서 얼마 뒤 바로 돌아가신 아버지. 파킨슨병에서 치매 증상으로 요양병원에 입원하여 몇 달 뒤에 무심하게 떠나신 어머니. 암 판정으로 회복 중이다가 다른 부위로 전이되어 결국 집에서 아무 말씀도 못 하시고 한순간에 돌아가신 장인. 누구는 고향 선산에, 누구는 원하신 대로 화장하여 바다에 뿌려졌다.

군 생활하면서 전우를 먼저 떠나보낸 기억도 있다. 졸업 열흘 정도 남겨두고 성당에서 행사 준비를 하다가 안전사고로 먼저 간 동기생, 중위 때 부대 퇴근 후 사고로 사망한 PX 관리병. 홀로 사는 모친에게 통보하였으나, 평소 워낙 말썽꾸러기였고 집에도 거의 들어오지 않았으니 "부대에서 알아서 처리"하라고. "화장시킬 돈도 없다." 공동묘지에 가서 안장하고 다시 찾아갔더니 그때야 대성통곡하던 그 모친. 연대장 때 예하 대대에서 병사가 취침 중에 원인불명으로 사망하여 부검 끝에 부모 동의로 부대장(部隊葬)으로 보냈던 일이 생각난다.

당시에는 모두 참으로 안타깝고 가슴 먹먹하고 힘들었다. 우리는 이런 직간접 경험을 통해 죽음에 대한 사실성과 두려움을 조금씩 이해하고, 애써 극복해 나가기보다는 그냥 그대로 마음의 준비도 없이 죽음의 존재를 받아들이고 있다.

내가 단편적으로 보았던 이들의 죽음은 그들이 원했든 원하지 않았든, 맞이하는 방식이나 죽음 후 처리되는 과정은 모두 달랐다. 집에서 돌아가시면 벌어지는 타살 여부를 따지는 과학수사대의 갑작스러운 출동이나 119구급차 등장 등, 누구나 반드시 죽는다는 사실은 분명하지만 죽음을 맞이하는 모습과 뒤에 남겨지는 흔적은 다양했다.

죽음을 처리하고 관장하는 우리 사회의 장례문화 인식도 이미 변하고 있다. 우리나라의 경우는 도심지 아파트의 발달로 병원 위주의 장례 절차로 진행되어 불과 몇십 년 전 모습과는 많이 달라졌다. 상여를 메고 선산으로 이동하여 매장하던 풍습에서 화장하여 납골당, 가족 봉안묘, 사이버 추모관과 사이버 묘지 등에서 추모하고 있다. 요양원과 요양병원도 점점 도심지 안으로 들어온 지는 이미 오래되었다.

언젠가 요양병원에서도, 가평 꽃동네에서도 100세에 가까운 환자분들이 침대에 누워 인공호흡기로 수명을 연장하고 있는 모습을 보고 충격을 받았던 적이 있다. 아무런 희망도 없이 무조건 오래 사는 것이 무슨 의미가 있는가. 이것은 삶에 대한 또 다른 부조리이며, 죄악이 될 수도 있겠다 싶었다.

우리도 이제는 연명 의료(심폐소생술, 인공호흡기, 혈액투석, 항암제 투여)를 거부하는 존엄사 허용에서 더 나아가 스위스, 네덜란드, 룩셈부르크, 벨기에 등 일부 국가에서 시행하고 있는 죽음에 대한 적극적인 자기 결정권인 안락사도 깊이 논의해야 할 정도로 사회적 인식이 빠르게 변하고 있다.

20년 넘게 방송작가로 활동하며 〈KBS 파노라마〉"우리는 어떻게 죽는가?"를 방영하고 취재했던 경험으로 쓴 『그렇게 죽지 않는다』의 저자 홍영아 작가도 "그렇게 죽지 않는다"라고 명명한 이유는 죽음을 에워싼 장벽, 무지로 인해 죽음에 대한 두려움이 너무 커서 개별적 죽음의 사실성을 우회하여 쉽게 접근하기 위해서라고 말했다.

대부분 사람은 죽음이라는 사실을 회피하고 외면하려는 경향이 적지 않다. 의외로 죽음에 대한 공포와 두려움이 그만큼 크다. 누가 두렵지 않겠는가. 때로 신앙을 통해 위안과 치유를 받기도 하지만, 대체로 우리는 죽음 자체를 고통으로 여기는 경향이 있다. 사후세계를 잘 알지 못하기에 살아있는 동안은 아름답고 행복한 순간으로 채우고 싶어서 모든 것이 단절되는 죽음과 애써 마주하고 싶지 않은 것이다.

그러나 생명의 탄생이 위대하듯이 우리가 맞이할 죽음도 결코 허무하고 비루하게만 바라볼 것은 아닌 듯하다. "생겨나고 죽는 것은 자연스러운 도(道)의 일부로 죽음조차 두려워하지 않기"를 바랐던 노자의 철학까지 언급하지 않더라도, 또 행복한 웰다잉(Well-dying)까지는 굳이 꿈꾸지 않더라도, 죽음도 하나의 일상일 뿐. 나이 듦을 인정하듯 담담히 죽음 자체를 직시(直視)하고 받아들이면 되지 않을까. 누구나 죽음을 피할 수는 없지만, 살아가는 동안 우리의 행동과 선택이 하루하루 남겨지는 여백의 삶 속에서 그 의미와 가치를 결정한다는 사실에는 대체로 누구나 동의하는 듯하다.

어느 스님의 말씀처럼 "천방지축(天方地軸)으로 놀다가 기고만장(氣高萬丈) 잘난 척만 하다가 허장성세(虛張聲勢)"로 저무는 삶의 끄트머리에서도 가능하다면(이기적인 소망이겠지만), 원한 만큼 잘 살다가 잠을 자듯 편안하게 죽음을 맞이할 수 있으면 좋겠다. 만일, 불가피하게 질병의 고통 속에서 수명만 연장하여 의미 없이 살아가야 한다면, 사전연명의료 의향서 정도는 미리 작성하여 주위 사람들을 더 힘들게 하고 싶지는 않다.

결국, 죽음도 우리 삶의 한 부분이다. 연기처럼 왔다가 재처럼 스러져 가는 과정을 통해 오히려 삶을 더 소중하고 더 후회 없이 살게 해주는 지혜의 등댓불로 삼게 되면 두려움은 좀 덜하지 않을까 싶기도 하다.

참 고맙고 좋은 친구

세계 최고의 '경영사상가 명예의 전당'에 이름을 올린 찰스 핸디는 87세에 손자들에게 지혜를 듬뿍 담은 21편의 편지글을 엮어 『삶이 던지는 질문은 언제나 같다』라는 책을 출간했다.

그는 국내 한 언론사와 서면 인터뷰에서, "살아오면서 경영사상가로서 얻은 가장 큰 깨달음이 무엇인가?"라는 질문에 "친구가 정말 중요하다는 것"이라고 답했다. 저자의 전성기 시절이나 거동조차 힘든 지금도 마찬가지라고 한다. 비즈니스에서도 사람을 우선하면 이익은 자연히 따라오며, 정직한 친구는 최고의 투자처라고 했다. 그리고 친절은 우정을 이어주는 접착제라고 말한다.

친구란 친하게(親) 예전부터(舊) 사귄 사람이라는 뜻이다. 우리는 오늘도 많은 친구를 만나고 사귀고 헤어지기도 한다. 어떤 이는 사전적 정의처럼 죽마고우(竹馬故友)야말로 진짜 친구라고 말하기도 하고, 어떤 이는 인생 후반에 만나더라도 의기투합(意氣投合 마음이나 뜻이 서로 맞음)만 된다면 진정한 친구가 된다고도 한다. 하여튼 친구 따라, 강남 가서 잘 살기도 하고 못살기도 한다. 만난 시점보다는 만남 이후 신뢰가 더 중요하고, 친구 관계가 더 돈독해지려면 내가 먼저 애정과 신뢰를 주어야 한다는 사실을 철들고 나서야 깨닫고 있다.

'10살 이내는 친구로 지낼 수 있다.' 예부터 내려오는 허용된(?) 관습이 있음에도 불구하고 우리는 유독 대인 관계에서 나이를 많이 따지는 편이다. 어떤 단체나 모임에 참여하면 꼭 나이부터 물어본다. 내부 서열을 정하기 위해서란다. 사실 그래야 서로 처신하기가 편하기도 하다. 그러면서도 결국 나이 때문에 문제가 늘 일어난다. "건방진 놈!" 나이를 챙겨주지 않아서다. 10살 이내가 아니라 어린 꼬마와도 친구가 될 수 있고, 남녀노소 누구나 친구가 될 수 있는 열린 사회가 진정 건강한 사회일 거다. 나이 불문하고 친구가 되면, 누가 연장자이냐고 따지는 고리타분한 꼰대 관계보다 소통이 훨씬 잘되기 때문이다.

친구 관계에서도 조심해야 할 게 있다. 자기 이해관계에 따라서만 꼭 연락하며 친구를 이용만 하려 들고, 정작 친구가 필요할 때는 전화도 잘 받지 않는다. 심지어 더 도움이 될 듯한 사람을 만나거나 이해관계가 끝나게 되면 지금까지의 관계를 갑자기 끊어버리는 사람도 있다. 나름 친구에게 좋은 사람 되려다 쉬운 사람이 되어버리는 경우다. 언제든지 필요할 때는 온갖 아양을 떨고, 미사여구를 붙여가며 원하는 바를 이루지만, 정작 목적이 달성되고 쓸모가 없다 싶으면 뒤도 돌아보지 않는. 욕심 많은 사람과도 친구 하기가 참 어렵다. 남이 잘되면 시샘하고 자기의 마음이 불편하거나 조그마한 손해를 보았다 싶으면 고발도 서슴지 않는. 그런 사람은 진정한 친구가 아니다.

친구는 무한정 물질적 정신적 책임을 공유해야 하는 관계는 아니지만, 정녕 의리 없는 관계라면 굳이 친구로 지낼 필요는 없다. 진정한 친구는 상대에게 늘 따뜻한 관심과 배려를 아낌없이 베푸는 사람이다. 평생 친구라면 때로는 친구의 허물도 때로는 모른 척 묻어주고 마음을 헤아려 줄 수 있는 아량도 있어야 한다. 친구는 서로의 부족함과 모자람을 채워주는 사람이다.

어린 시절에 읽었던 『옛날이야기』에 진정한 친구 이야기가 나온다. 아들이 아버지에게 "진정한 친구란 어떤 사람인가요?"라고 질문한다. 아버지는 직접 보여주겠다고 하고, 돼지를 삶아서 천으로 덮고 지게를 아들에게 메게 하여 아버지 친구들을 찾아다니며 아들이 실수로 사람을 죽였는데 도와달라고 부탁한다. 대부분 두려워 피하거나 자수하라며 회피하는데 오직 친구 한 명만이 위험을 무릅쓰고 도와주려고 한다. "아이고! 어쩌다가. 이런! 어서 들어오게나…" 아들에게 이런 사람이 진정한 친구라고 자랑하고 돼지고기를 안주 삼아 한잔한다는 내용이 기억난다. 물론, 지금 같으면 범죄은닉죄 등등이 적용될 법하다.

치열하게 살아가는 현대인들은 진정한 친구 사귀기가 쉽지는 않겠지만, 나부터 정직하고 성실한 언행이 습관으로 장착되어 있다면 누구에게나 좋은 친구가 될 수 있으리라. 또 그런 진국인 사람을 만나 정녕 친구로 곁에 오래 두고 싶다면 정성을 다하고 소중히 대해야 할 일이다. 사회적 나이 관념 때문에 쉽게 소통은 어렵더라도 나를 진정으로 이해해 주고 믿어주는 몇 명의 소중한 친구만 있어도 이 세상은 그다지 외롭지 않을 거다. 아니, 단 한 사람이라도 있어도 행복하리라.

"삶은 앞으로 나아가지만, 뒤돌아볼 때 비로소 이해된다."라고 했던 찰스 핸디가 후회막급이라고 말한 것 중 하나가 젊었을 때 테니스, 골프 등 개인 스포츠를 하나라도 제대로 배워두지 못했음이라고 했다. 운동과 우정을 동시에 도모할 수 있는 것이 바로 스포츠다. 지금 나와 같은 방향을 함께 걷고 있는 인생의 동반자는 참 고맙고 좋은 친구다. 함께 운동도 하면서 소중한 우정 오랫동안 함께 나눈다면 더 좋을 것이다. 친구야. 만나면 맨날 술만 마시지 말고 함께 운동도 좀 같이 하자.

헤르만 헤세의
『싯다르타』처럼

누구나 살아가면서 자신이 원하는 목표를 이루려 한다. '이번 시험에 합격해야지'하는 소박한 목표에서부터 '어떻게 살아가겠다'라는 인생의 커다란 가치 목표까지 어떻게 하면 내가 꿈꾸는 대로 잘 이룰 수 있을까를 고민한다. 목표를 달성하는 방법은 제각각이다.

헤르만 헤세의 소설 『싯다르타』에 나오는 주인공 싯다르타는 사랑하는 여인 카말라에게 "만약 사색할 줄 알고, 기다릴 줄 알고, 단식할 줄 안다면, 누구나 마술을 부릴 수 있고 누구나 자기의 목표를 달성할 수 있다."라고 말한다.

사색(思索)이란, 어떤 것에 대하여 깊이 헤아려 생각한다는 뜻이다. 우리는 사색을 통해 자신이나 타인 더 나아가 세상에 대해 더 깊이 이해하고 새로운 통찰을 할 수 있다. 세상의 모

든 존재가 서로 연결되어 있고, 변화하는 세상 속에서 영원한
것은 아무것도 없다는 것도 싯다르타는 사색을 통해 뒤늦게
깨우쳤다.

사색하는 힘이 약한 이는 간혹 '아무 생각 없이 살아가는 사
람'으로 폄하되기도 하고, 남을 배려하지 않는 언행이 습관적
으로 불쑥불쑥 노출되어 주위를 아연실색(啞然失色)하게 만들
기도 한다. 우리 주변에는 보편타당하고 합리적인 상식을 벗어
나 아무 생각 없이 행동하는 이들이 의외로 많다. 마음이 심
하게 병든 사람들이다.

사색은 언제나 어디서나 가능하다. 일상의 소음과 방해를
벗어난 새벽이나 조용한 밤에, 산책이나 출퇴근 시간에도. 나
는 훌훌 옷을 벗고 그냥 몸에 실오라기 하나 걸치지 않고 목
욕탕에서 거울을 바라보며 집중할 때가 가장 생각이 잘 정리
된다. 사색을 통해 자신의 핵심 가치, 목표, 감정, 행동, 결정
등에 대해 깊이 이해하고 평가할 수 있다. 살펴볼 수 있는 화
두(話頭)는 참 많다. "나는 누구인가?", "나는 지금 제대로 잘
살고 있는가?", "지금 무엇이 문제인가?" 등. 사색을 통해 지난
시간을 돌아보게 하며 자아를 발견할 수 있게 해준다. 사색은
욕심과 노여움 속에서도 사리 분별을 가지게 해준다.

기다릴 수 있다는 것은, 자신의 욕망을 억제하고 상대방을 존중할 수 있다는 의미다. 꼰대와 멘토의 차이점도 기다림에 있다고 하지 않는가. 기다렸다가 상대가 조언을 구할 때, 자신의 노하우를 알려주는 멘토에 비해, 꼰대는 미처 기다리지 못하고 먼저 나서서 간섭하고 충고한단다. 아니, 당장 상대의 말조차 끝나기를 기다리지 못하고 끊고서 자기 말만 계속 늘어놓는다. 기다림은 쉽고도 어려운 일이다. 사랑할 때도 기다림은 꼭 필요한 능력이고 덕목이다. 상대방의 마음이나 상황을 이해하고 인내하며 기다려주는 것. 그것은 사랑의 기본이다. 처음에는 상대방을 오해했어도 기다리다 보면 이해가 되기도 한다. 당시에는 나의 이상형이 아니었어도 기다리다 보면 이미 이상형이 되어있을 수 있다.

기다림은 신뢰와 안정감을 주기도 한다. 기다림도 일종의 성장이다. 우리는 욕구가 당장 충족되지 못하기 때문에 기다린다. 기다리다 보면 때로 불만족과 불안감에 휩싸여 폭발하거나 자신감이 더 떨어질 수도 있다. 끝내 포기하고 상대를 탓하고 만다. 그렇게 해서 일그러진 관계는 얼마나 많은가. 어려운 상황을 잘 버텨내면 더 좋은 기회와 행운도 함께 따라올 수 있음을 잊어버린다.

가끔 간헐적 단식을 하다 보면, 다이어트에 도움도 되고 신진대사도 활성화되는 효과가 있음을 알게 된다. 그러나 그 한두 끼도 잘 참지 못한다. 내시경 검사하느라 두 끼를 굶은 적이 있었다. 저녁에 흰죽을 먹고 다음 날 아침과 점심을 건너뛰고 속을 모두 비워내고 검사를 받았다. 검사 3시간 전까지 물이라도 먹지 않았다면 쓰러질 지경이었다. 단식이 주는 메시지는 식탐을 넘어서서, 절제 지향적인 삶의 태도가 물질 만능주의에 찌든 오늘의 우리를 살려내는 처방전이라고 말하는 듯하다. 우리의 심신을 무너뜨리고 개인과 사회의 불행을 자초하는 모든 행위가 결국 욕심에서 비롯됨을 주변에서 보면서 절제하는 단식의 중요한 의미를 깨닫게 된다.

싯다르타의 이 세 가지의 해법이 어떤 의미이고 도대체 근원이 어디에서 나온 것인지가 궁금했다. 나의 사색 결과로는, 불교에서 말하는 탐진치(貪嗔癡), 탐욕(貪欲)과 진에(瞋恚)와 우치(愚癡), 여기에서 나온 것이 아닐까 싶다. 탐진치(貪嗔癡)는 탐내어 그칠 줄 모르는 욕심과 노여움과 어리석음을 말한다. 인간이 열반에 이르는 장애가 되기에 삼독(三毒)이라 하는 세 가지 번뇌인데, 소설 속 싯다르타는 사색을 통해 그 어리석음으로부터 벗어나고, 기다림을 통해 그 노여움을 진정시키고, 단식을 통해 그 탐욕을 이겨낼 수 있다고 말하고 싶은 것은 아닐까.

　살아가면서 그 무엇인가를 꼭 이루고 싶거나 내 삶의 변화를 가져오고 싶다면, 깊이 사색하여 당면하고 있는 그 문제를 해결하고, 어떤 시련이 오더라도 일단 기다려서 버티어보고, 어떤 탐욕도 물리치고 절제할 수 있는 단식의 지혜가 필요하고 중요함을 헤르만 헤세는 일깨워주는 듯하다.

　이런 준비가 덜 되었다면, 아직은 때가 안 된 것이리라.

자기 자비(慈悲), 나를 키우는 힘

　우리가 행복해지기 어려운 첫 번째 이유는, 무엇이 우리를 행복하게 해주는지 너무 몰라서라고 한다. 수십 년간 연구 결과에 따르면 기다리던 휴가나 완벽한 몸매 가꾸기, 아름다운 집 소유 등 외부 환경을 바꾸는 것만으로는 더 행복해지지 않는다. 우리의 내면을 정비해야 한다. 두 번째 이유는 수백만 년 동안 주변 환경에서 위험을 포착해 내는 인간의 진화 과정에서 우리 뇌에 심어진 부정적 편향 때문이다.(『마음챙김』의 저자 샤우나 샤피로)

　인간의 내면인 감정을 표현하는 단어는 약 3,000개인데 그 가운데 긍정적인 단어는 1,000여 개에 불과하다고 한다. 부정적인 단어를 2배 정도 더 자주 사용하는 셈이다. 의도적으로 긍정적인 단어를 많이 사용해야만 그나마 균형을 이룰 수 있다.

부대마다 경례 구호가 따로 있다. 한때 내가 근무했던 부대 구호는 "단결! 하면 된다!"였다. 통상 사용하는 "단결!"이라는 구호에 "하면 된다"를 특별히 더 추가했다. 이 구호를 하루에 수십 번, 거의 4년 동안 입 밖으로 외쳤다고 생각해 보라. 나 스스로 얼마나 많이 신념화가 되었겠는가. 무엇이든 해낼 수 있다는 의욕이 너무나 강렬했던 기억 때문인지 이 부대를 떠나고도 한동안 묘하게 무엇이든 할 수 있다는 자신감에 무척 고무되었던 적이 있었다. 강한 긍정은 이처럼 지속적인 훈련이 필요하다.

그런데, 늘 긍정적인 생각이 바람직하지 않을 수도 있다. 자칫 자기 합리화나 충분히 자신을 파악하지 못한 기만의 결과일 수도 있기 때문이다. 때로 세상일이란 분명히 뜻대로 안 되는 것도 있는 법이다. 더군다나 불법을 합리화하려는 방편이라면 매우 위험한 생각이다. 또 아무리 긍정적인 생각을 해도 기대에 미치지 못하는 결과가 계속 이어지게 되면 더 크게 실망하고 낙담하게 된다. 착하게 살아도 불행이 찾아올 때가 있듯이. 원숭이도 나무에서 떨어질 때가 있다. 그냥 있는 그대로 현실을 담담하게 받아들이면서, 치고 들어오는 부정적인 생각에 앞서 중용을 지키며 자신을 먼저 위로하고 격려해야 한다.

『마음챙김』의 저자 샤우나 샤피로도 남편과 이혼해 인생에서 실패했다고 생각하는 어려운 시기가 있었지만, 아침에 눈 뜨면 자신에게 "Good morning I love you(안녕, 사랑해)" 자기 자비(慈悲)의 말로 자신을 먼저 돌보면서 서서히 마음의 상처도 치유하고 자신감도 되찾았다고 한다. 잘 안될 때는 내 그림자도 나를 피한다는 말이 있다. 자신감이 위축되면 긍정적으로 하루하루를 제대로 쳐다보기조차 어려울 때가 있다. 이럴 땐 자신을 내가 먼저 보듬어야 한다.

골프에서조차 본인이 만족하는 샷은 한 라운드 가운데 몇 번 나오지 않는다. 한창 전성기의 타이거 우즈도 평생에 겨우 1~2번 정도라고 말한 적이 있다. 아마추어들은 오죽할까. 그런데도 만족스럽지 못한 샷이 나올 때면 동반자가 듣기에도 민망할 정도로 자책하거나 자신에게 부정적인 단어를 겉으로 쏟아내는 이가 있다. "바보 같이! 왜 이렇게 못하는 거냐! XX! 한심하다! 한심해!" 등등. 마음이 너그러워야 행복도 쉽게 찾아온다.

자신을 심하게 자책하는 것은 실수를 용납하지 못하는 자신의 자존심에 손상을 입어서다. 한두 번은 그럴 수 있다. 자책은 때로 스스로 정신을 차리게 하는 효과가 있긴 하다. 그러나 '방귀도 잦으면 똥 싼다.'라는 속담처럼 부정적인 언행도 너무 잦으면 자신도 모르게 나쁜 습관으로 자리 잡는다. 나도 오래전부터 "Good morning I love you(안녕, 사랑해)" 같은 아침 인사말로 스스로 보듬으면서 하루를 시작하고 있다. 누구에게서도 나를 사랑한다는 그 쉬운 단순한 말조차 듣기 어려운 나이가 되어 보니, 이런 쉽고도 단순한 말이 그렇게 내 마음을 따뜻하게 해주는지 몰랐다.

성경에도 "마음이 가난한 자는 복이 있다(마5:3)"라는 구절이 있다. "마음이 가난하다"라는 것은 물질적 풍요나 사회적 지위, 외적인 성공을 추구하기보다는, 내면적으로 겸손하고 자신이 부족함을 인정하며 마음의 평화와 만족을 추구하는 상태를 의미한다. 행복은 이런 내면에서 우러나는 깊은 만족감이다. 물질적이나 세속적인 것에만 집착하지 않고, 자신이 가진 것에 감사하며, 늘 부족한 점을 겸손히 받아들이는 사람은 진정한 행복을 경험할 수 있을 것이다.

인생의 후반부에서는 굳이 부정적인 언행을 습관적으로 키우고 싶지 않다. 마음이 가난한 사람이 되고 싶다.

Wintering(겨울나기)

우리나라의 사계절 중 겨울은 통상 12월부터 다음 해 3월까지다. 잔디가 푸릇푸릇 녹색을 띠기 시작하는 4월부터 누렇게 황금색으로 변해가는 11월이 끝나면 나름대로 겨울나기를 준비한다.

9월 인디언 서머 시즌부터 이듬해 3월까지 겨울을 지나는 회고록 『우리의 인생이 겨울을 지날 때(원제 Wintering)』의 저자 케서린 메이는 "윈터링(Wintering)이란 추운 겨울을 살아내는 것으로 세상으로부터 단절되어 거부당하거나, 대열에서 벗어나거나, 발전하는 데 실패하거나, 아웃사이더가 된 듯한 감정을 느끼게 되는 인생의 휴한기이다."라고 말한다.

나는 겨울에 운동이나 야외 활동을 오래 하다 보면 가끔 발가락에 피가 잘 통하지 않을 때가 있는데 군대에서 걸린 동상 증세 탓이다. 당시에는 동고동락하며 사명감이 넘친 전우들과 함께여서 최전방 지역임에도 그 통증을 금방 잊어버리고 지나쳤는데, 전역한 지 한참 지난 지금도 겨울이 올 때면 매서웠던 그 시절이 떠오르면서 미처 예방을 제대로 하지 못한 나의 나태함을 못내 탓하곤 한다.

인생에서도 누구나 한 번쯤 지독한 겨울을 겪는다. 어떤 이는 여러 번 반복으로 힘들게 보내기도 하고, 어떤 이는 단박에 이겨내기도 한다. 퇴직하고 하릴없이 앞으로 어찌해야 할지 판단이 잘 서지 않거나, 일자리를 구하러 수십 군데 입사원서만 제출하고 있을 때, 운동선수가 프로가 되는 과정에서 물심양면으로 어떠한 지원도 제대로 못 받을 때, 그럴 때가 겨울이다.

겨울을 잘 버텨내야 찬란한 봄을 맞을 수 있다. 아무리 암울한 겨울이 닥치더라도 잘 견뎌내면 오히려 반짝반짝 빛나는 영광의 계절이 된다. 겨울나기에 잘 적응하면 그 어떤 것도 두렵지 않다. 겨울을 피하지 말고 적극적으로 수용하는 것, 그것이 윈터링(Wintering)이다. 저자 케서린 메이가 말했듯이, 인생의 겨울나기(Wintering)를 더 잘하려면 우리는 삶이 단순히 직선적이라고 생각하는 경향부터 수정해야 한다.

시간은 순환적이며 돌고 돈다. 마치 어린 시절을 지나면 청년기 중년기 장년기 노년기가 찾아오는 것처럼. 건강할 때가 있으면 아플 때도 있다. 가난할 때가 있으면 부자가 될 때도 있을 것이다. 불행의 국면을 잘 이겨낼 때마다 우리는 조금씩 더 성장한다. 회사도 성장하고 있을 때 또 다른 겨울을 준비해야 된다. 다시 이를 악물고 생존을 준비하고, 그리고 삶은 반복된다.

누구에게나 이 겨울나기(Wintering)가 중요하다. 우왕좌왕 당황하지 말고 그냥 담담하게 받아들이자. 조금만 힘을 내어 잘 버텨보자. 비록 내가 이 겨울을 선택하진 않았지만, 어떻게 하면 아픈 부위를 잘 보호하면서 계속 살아낼지 그 방법은 내가 잘 알고 있다. 이 겨울을 잘 버텨내면 멀지 않아 따뜻한 봄이 꼭 온다는 사실을 알고 있기에 희망은 늘 겨울 속에 존재한다.

발가락이 시큼시큼해지는 걸 보니 벌써 겨울이 다가오나 보다. 이어 봄도 오겠지.

흐르는
물처럼
신강

제3장
한갓지게

"인생 중반기,

동네 호수의 잔잔한 물결처럼

조용한 오후.

소소한 행복을 찾아가는

이 한갓진 오후에

새로운 멋진 발견을 또 기다려본다."

한갓진 오후의 발견

'한갓지다'라는 단어는 한가하고 조용하다는 뜻이다. 퇴직하여 한가로이 집에서 지낼 때였다. 날마다 울리던 핸드폰이 여간해서는 울리지 않는다. 그간 얄팍하게 가지고 있던 권력도, 어떤 권위마저 사라진 내게 이젠 아무도 접촉조차 하지 않는다. 가끔 지인의 안부 전화마저 내가 먼저 하지 않으면 오지 않는다. 세상은 냉정하다. 권력의 끈 떨어진 냄새는 기막히게 잘 맡는다. 정해진 일정도, 아무런 책임도 없는 조용한 아침이면 난 산책한다.

동네 호숫가 주변을 그냥 걷는다. 호수의 물결처럼 조용한 오후, 회색빛 도심 속에서 나만의 작은 공간과 여유를 찾는다. 그동안 가보지 못했던 동네 도서관이나 골목길 사이사이로 걸어가 본다. 몇 시간이고 뭉개고 있어도 뭐라고 하지 않는 나만의 동네 카페도 찾았다. 즐기는 목욕을 하며 또 하루의 긴장을 푼다. 알게 모르게 쌓이던 업무에 대한 긴장도 없는데 그냥 습관처럼 목욕한다.

모처럼 한갓진 오후의 연속이다. 차 한잔의 시간, 책 한 권의 여유, 극장에서 호젓이 영화 한 편을 감상하면서 새롭게 느끼는 감성들…. 아! 이런 날도 있구나. 이렇게도 살아가는구나. 다른 길을 걸었으면 어땠을까. 오래된 책무를 일단 내려놓고 느긋하게 숨을 고르는 순간들…. 또 다른 안정감이다. 물론 앞으로 감내해야 할 일도 생기겠지만, 우선 퇴직은 무사히 했으니 기본 임무는 마쳤다는 안도와 성취감이 든다.

몇 달을 지내보니 생각보다 더 한갓지다. 직위와 직급이 높았던 이들은 퇴직하면 그 외로움과 허전함은 더 클 것 같다. 어디서나 주목받고 대접받는 문화와 환경에 적응하다가 갑자기 아무도 관심 가져주지 않고 추락하는 일상을 만나게 되면 견디기 어렵겠다.

두 번째 직장에서 퇴직할 당시까지 별다른 취업 준비를 하지 않았다. 하고 싶었던 일들이 있었다. 준비해 오던 박사학위부터 받았다. 퇴직한 이후에 받았으니 빠른 것은 아니나, 늦은 것도 아니었다. 늦은 나이에 돈만 낭비하는 학위가 무슨 의미가 있냐고 무시하는 이도 있지만, 그건 옛날이야기다.

나이는 들어도 할 일은 많다. 박사 논문을 기반으로 『국가중요시설과 안티드론』 책을 출간했다. 정부 기관이나 산업체 등에 근무 중인 비상계획관들에게 드론 공격에 대응하는 안티드론 시스템의 필요성과 중요성을 공유해야겠다는 생각에서였다. 현직에 있을 때 부족했던 나의 경험을 바탕으로 자료들을 정리했다. 경찰청 등 몇 군데에서 강의도 했다. 어떤 이는 내 논문과 책을 참고하여 정부 과제나 박사학위 논문 쓰는 데 도움받았다고 한다. 초경량비행장치 조종자 자격증(드론조종)도 땄다. 실기시험이 의외로 만만치가 않아서 실습장이 있는 경기도 이천까지 수차 왕복하면서 재수 끝에 간신히 합격하였다.

골프 프로선수였던 딸이 마침내 프로 입문 11년 만에 정규 투어에서 우승한 것을 계기로, 골프에 대한 내 생각을 담아 『홀인원보다 행복한 어느 아빠의 이야기』 수필집도 출간했다. 골프 수준이 보기 플레이인 내가 기술적인 조언을 할 정도의 실력은 아니기에 프로선수 아빠의 심정을 담았다. 갤러리 갔을 때 책을 잘 읽었다고 말해주는 독자를 만났을 때, 딸을 골프선수로 키우고 싶은 어떤 부모가 많은 도움이 되었다고 말해주었을 때 작가로서 만족스러웠다. 골프 미디어 몇 군데에 골프 칼럼을 1년 이상 연재했다. 한갓진 시간에 골프대회에 참가한 딸을 응원하기 위해 갤러리도 마음껏 다녔다.

퇴직할 즈음에 출간했던 『50대, 나를 응원합니다』 수필집을 읽고 전화나 문자를 보내온 독자들의 격려는 퇴직 이후 한동안 또 다른 나의 응원꾼이 되어 주었다. 군장병 독서 코칭 강사로 2년간 활동하였다. 역사, 철학, 시, 소설, 과학, 자기 계발 등 분야별 6권의 선정된 책으로 부대 장병들과 독서토론을 진행하는 프로그램이었다. 아쉽게도 코로나 때문에 비대면으로 진행했지만, 독서 탐구 열정이 뛰어난 일부 장병을 보면서 대한민국의 밝은 미래도 발견했다. 나름 보람찬 시간이었다.

이 과정에서 어떻게 독서 코칭을 잘 할 수 있는지 알아보던 중 지자체에서 운영하는 어떤 독서 프로그램에 참여하게 되었다. 강사는 동네 책방 주인이었다. 다독자이면서 자기가 읽어 본 책만 판매하며 마음이 따뜻한 젊은 사람이었다. 책을 사러 갔다가 한 달에 한 번 그가 운영하는 북클럽 모임에도 나가게 되었다. 자유로운 사고를 하고 활발하게 토의하는 그들이 매우 신선해 보였다. 이후 책방 주인은 남편 따라 독일로 가버렸지만, 일부 회원들은 그때의 인연으로 지금도 한 달에 1~2회 만나 북클럽을 그대로 유지하고 있다. 공통의 주제로 서로의 생각을 함께 나누며 토론을 해보는 것은 또 다른 성장의 시간이고 즐거움이다.

코로나가 아직 한창일 때 퇴직하였기에 여행도 마음대로 다닐 수 없었다. 퇴직과 동시에 3개월 헬스장에 등록하고 다녀보았으나, 무리하게 운동해서인지 별로 흥미를 느끼지 못했다. 야외 활동이 허용되는 테니스와 골프가 훨씬 재미있었다. 동네 테니스장 클럽에 가입하여 운동을 즐겼다. 땀 흘리는 재미가 너무 좋았다. 군 골프장 정회원인 나는 가끔 골프 라운드도 아내와 함께 나간다. 적당히 운동을 즐기다 보니 기분을 좋게 해주는 호르몬인 세로토닌, 도파민, 엔도르핀 때문인지 퇴직 후 흔히 찾아오는 우울증, 불안감은 나타나지 않았다.

퇴직하면 누구나 느끼지만 좋은 것 가운데 하나는 더 이상 목표지향적인 삶을 추구하지 않아도 된다는 것이다. 승진이나 진급, 명예를 향해 달려가지 않아도 된다. 그럴 필요가 없다. 이제는 내가 하고픈 일을 찾아서 그 과정을 즐기며 만족하면 되고 설혹 만족하지 못하면 바로 때려치우면 된다. 되찾은 자유와 자율은 은퇴가 주는 최고의 선물 가운데 하나다.

퇴직 이후 내게 찾아온 이 한갓진 시간도 마침내 당분간 다시 조정하게 되었다. 중소기업에 입사했기 때문이다. 동년배 회사 대표가 여유를 가지면서 회사 일을 도와주기를 부탁했다. 물론 회사가 번창할 수 있도록 애써 도와야 하지만, 말이라도 그렇게 배려해 주니 고마웠다. 입사한 지 벌써 3년 차다. 다시 목표와 계획이 있는 일정을 유지한다. 그것은 때로 하기 싫은 일도 해야 한다는 것을 의미한다. 그러나 이전과는 달리, 일하면서 삶의 품격에 대해 생각해 보고 좀 더 여유를 찾으려 한다. 잠시나마 누렸던 독서와 운동 그리고 글쓰기 등 괜찮은 습관은 계속 이어가고 있다.

　앞으로 내게 다가올 미래가 또 어떻게 펼쳐질지는 알 수 없지만, 한갓진 인생의 오후에도 여건이 허락하는 한 일은 계속하고 싶다. 60대는 신체적으로는 예전과 크게 다르지 않지만, 버럭 화를 내거나 더 옹고집이 되는 사람이 늘어난다고 한다. 일본에서도 '노인성 분노조절장애'로 문제가 되고 있다. 감정과 충동을 조절하는 전두엽의 노화로 그런 현상이 나온다고 하는데 건강한 신체와 뇌의 기능 유지를 위해서도 일을 계속한다는 것은 바람직하다고 본다.

이젠 시간의 소중함을 잘 안다. 괜히 허비하고 싶지 않다. 삶의 무거움과 죽음의 가벼움을 실감한다는 80대 나이의 김훈 작가는 그의 『허송세월』에서 "혀가 빠지게 일했던 세월도 돌이켜보면 헛되어 보이는데, 햇볕을 쬐면서 허송세월할 때 내 몸과 마음은 빛과 볕으로 가득 찬다. 나는 허송세월로 바쁘다…"라고 말한다.

이젠 내게 남은 시간 속에서 더 해보고 싶은 것이 무엇인지 나에 대한 탐구 여행도 다시 시작하려 한다. 소설도 쓰고 싶고, 사진작가도 해보고 싶고, 이것저것 아직 해보고 싶은 것들이 있다. 마음이 따뜻한 사람들과 함께 더 많은 여유와 평온한 허송세월도 한껏 누리고 싶다.

인생 중반기, 동네 호수의 잔잔한 물결처럼 조용한 오후. 소소한 행복을 찾아가는 이 한갓진 오후에 새로운 멋진 발견을 또 기다려본다.

우주를 품은 지구의 시선으로

가끔 우리 머리 위 저 하늘을 한 번쯤 바라보자.

하늘 너머 저편에는 감히 인간의 눈으로는 헤아릴 수 없는 은하와 별, 행성과 유성체 등 광활한 대우주가 무한대로 펼쳐져 있다. 2021년 미국 항공우주국(NASA)에서 쏘아 올린 제임스 웹 우주 망원경 덕분에 우리는 135억 년 전 탄생한 은하와 약 1,000광년 떨어진 위치에 있는 형형색색의 가스와 우주 먼지를 경외의 눈으로 볼 수 있다.

지름 12,742km에 불과한 지구는 그야말로 우주 속 티끌에 불과하다는 표현도 어쩌면 과분할 정도이지만, 그래도 다행스러운 것은 이 지구에는 생명이 존재하기에 최적의 환경을 갖추고 있어서 다양한 종류의 생물들이 서식하고 활동을 펼친다는 사실이다. 아직은 지구와 유사한 행성이 발견되지 않고 있다는 것도 우리 지구를 더욱 신비롭게 하고 있다.

그런데, 이 지구상의 다양한 생명체들이 우리도 잘 모르는 사이에 하나씩 멸종되고 있다. 『여섯 번째 대멸종』의 저자 엘리자베스 콜버트는 이 책에서 46억 년의 역사를 가진 이 지구상에서 이미 4억 4천만 년 전부터 일어난 첫 번째 대멸종 이후 기후 변화, 인간의 개입 등이 어떻게 여섯 번째의 대멸종으로 이끌고 왔는지 설명하고 있다.

가끔 발견되는 어금니 한 개 크기가 30cm나 되는 고생대 마스토돈의 흔적이나 최근까지 눈에 띄었던 파나마 황금 개구리의 멸종, 화석으로나마 존재감을 보여주는 다양한 종자 등. 지금 멸종 위기에 놓인 코끼리와 사자 그리고 바다거북, 북극곰 등 이들조차 사라진다면 생태계에서 그들이 지금까지 수행하던 역할 때문에, 균형이 깨지게 된다고 한다. 지구상에 사는 우리 인간의 삶에도 결국 많은 영향을 미칠 수밖에 없다.

정작 광활한 대우주 속의 지구, 이미 대멸종을 다섯 번이나 겪어온 우리는 그런 사실조차 까맣게 잊고 지낸다. 저 우주에서는 지금도 무수히 많은 행성이 폭발하고 생성되고 어디론가 사라지고 있다. 이 땅 아래에는 수억 년 전에 멸종된 수많은 생명체의 흔적이 누구도 모른 채 겹겹이 묻혀있을 것이다. 인간이 결국 지구의 환경을 파괴하는 주범이라는 엘리자베스 콜버트의 주장에 한편으로는 공감하면서도, 그렇다면, 우주 속의 지구이자 우주를 품은 지구라는 행성에 사는 우리 인간은 오늘을 어떻게 살아내야 할지도 되묻게 된다.

달 탐사에 참여했던 에드거 미첼 美 우주비행사는 "달 위에 서서 지구를 바라볼 때 사람들의 관심, 세상의 불평등, 국제정치의 이해관계 등은 정말 사소하기 이를 데 없다. 당장 정치인들의 목덜미를 움켜쥐고 이곳으로 데려와 이렇게 말하고 싶다. '저길 내려다봐, 이 빌어먹을 놈들아!'"라고 말했다 한다.

오늘도 나는 우주가 아닌 이 지구 위 치열한 삶의 현장으로 들어간다. 이 프로젝트를 이번에 꼭 따야 해. 이번에는 꼭 합격해야 한다. 우주가 어떠니, 플라스틱이 해양의 물고기들에게 미치는 악영향이 얼마나 무서운지, 지구의 대멸종이 또 오니 어떠니…. 그딴 돈 안 되는 잡소리는 집어치우고 지금 당장 눈앞에 있는 일이나 열심히 하란다.

하여튼, 그 실체를 도무지 알 수도 없는 저 우주와 이 지구를 늘 걱정하며 살아갈 수 없는 노릇이다. 내가 우려한다고 슬

프게도 달라질 것이 크게 없어 보인다. 우리에게는 아득한 우주에서 일어나는 현란한 별들의 쇼보다는 눈앞에 하얗게 피어나는 구름과 눈이 시릴 정도로 파란 하늘, 가끔 비 온 뒤에 나타나는 무지개가 더 아름답고, 지하 세계의 멸망한 역사보다는 지상의 푸릇푸릇한 풀과 꽃이 우선 더 소중하다.

이번 프로젝트에 실패해도, 시험에 불합격해도 좀 어떠냐. 망망한 우주 속 질박한 지구라는 곳에서 특별히 선택받아 존재한다는 사실만으로도 이미 충분한 축복인걸…. 오늘 하루 삶을 단순히 성공과 실패로만 바라보지 말고, 이 신비롭고 알 수 없는 우주와 지구의 숨어 있는 저 너머 이야기에도 잠시 귀 기울여 보자. 바로 이 시간, 이곳에 "나"라는 미미한 존재가 단순히 나 혼자가 아니라, 수억 년의 역사가 서로 연결되어 숨 쉬고 함께 하고 있음도 조용히 느껴보자.

비록 찰나를 살아가는 우리도 언젠가는 필연적으로 흔적조차 없이 사라질 운명이지만, 그래도 다시 한번 하늘 너머를 쳐다보자.
"나"라는 존재가 주는 진정한 삶의 의미와 가치는 무엇인지. 유한(有限)한 삶에서 과연 사사로운 다툼과 갈등이 얼마나 유

의미(有意味)한 것인지, 진정 지금 꼭 필요한 것은 무엇인지. 대
승적(大乘的)으로 한 번쯤 살펴볼 일이다. 우주와 지구를 늘 가
슴에 품고 살아간다면 그래도 좀 더 마음이 따뜻해지지 않을
까.

좀 더 여여(與與)하게 살아가면 좋겠다. 다시 균형을 잡아야
겠다.

돈이 전부라는 세상에서

우연이 친구와 식사 자리에 합석하면서 어떤 부자를 만났던 적이 있었다. 그는 세상의 가치를 돈으로 판단하고, 돈의 힘을 빌려 이런저런 이쁜 여자와 사귀는 재미로 산다고 했다.

그는 60대 중반의 유부남이었다. 지금은 특별한 직업이 없지만, 그동안 벌 만큼 벌었고(주로 부동산으로), 현재 강남에서 살면서 자칭 타칭 우리나라 1% 상위권에 드는 부자라고 한다. 이날도 그의 곁에는 곱상하고 예쁘게 생긴 이지적인 여인과 함께했다. 그는 행복하다고 했다. 피부도 곱고 나이에 비해 젊고 건강하게 보였다. 그야말로 소위 한량이었다. 이전에도 비슷한 유형의 사람을 더러 만나보았지만, 이처럼 노인층도 아니면서 특별히 하는 일도 없이, 돈 걱정 없이 하루하루를 단순히 즐기며 살아가는 사람은 드물었다.

다들 그에게 "회장님, 회장님"이라며 머리를 조아렸다. 내 주변에는 통상 직업군인, 직장인, 공무원 등 가진 돈은 별로 없어도 나름 가치관이 분명하고 목표지향적인 월급쟁이들이 대부분이다. 이 부자도 분명히 목표지향적이긴 하다. 돈으로 이쁜 여자를 자빠뜨리려는…. (이 대목에서는 최근 뉴스에도 나왔지만, 성관계하려 돈을 번다던 재산 140억 원대의 日本 70대 사업가가 결국 죽고, 55세 연하 부인이 살인 혐의로 체포된 사건이 생각난다) 여러 가지 생각들이 겹쳤다.

한때 중국에서도 역사상 가장 많은 뇌물을 받은 혐의로 최대 자산관리회사 회장을 당국이 사형을 집행했다는 뉴스가 있었다. 보도에 따르면 뇌물 3,000억 원과 100채의 주택과 100여 명의 첩을 두었다고 했다. 역대급이다. 이런 사람에게 뇌물을 바친 이들은 또 얼마나 많은 불량한 이득을 취했을 것이며, 이 사람의 첩들도 무엇인가 상당한 보상을 누렸을 것이다.

『돈으로 살 수 없는 것들』의 저자 마이클 샌델도 거래 만능 시대에서 빈부 격차는 가난한 사람이 더욱 가혹한 삶을 살게 만들고, 좋은 것이라면 무엇이든 사고파는 세상에서는 돈이 모든 차별의 근원이 되어 결국 불평등과 부패, 퇴색하는 시민

정신을 이끌게 될 것을 우려했었다.

  정말 돈이면 모든 걸 해결해 주는 걸까? 부자들은 모두 행복한 걸까? 행복의 기준은 무엇일까? 부족한 월급으로 한 달 한 달 그럭저럭 살아가고 있는 사람들은 진정한 행복을 제대로 느끼지 못하는 걸까? 돈이 충족하면 다음 단계는 어떤 목표로 살아갈까? 돈을 중심으로 자기만의 윤리기준을 내세우는 이런 사람을 정말 부러워해야 하는가? 삶의 궁극적 목표는 돈을 벌어서 안락한 생활을 즐기는 데만 있는 것인가?

  뉴스를 보면 돈이면 원하는 것은 무엇이든 가질 수 있는 것 같다. 돈으로 할 수 없는 것은 무엇인가? 자본을 근간으로 하는 자본주의 시장경제체계에서는 물론 능력껏 열심히 노력해서 쌓아 올린 부의 가치는 인정해야 하며 존중받아야 마땅하다. 그러나 한탕주의와 기회주의에 편승해서 너무 쉽게 돈을 벌고, 그들끼리 각종 이권과 정보로 형성된 어둠의 카르텔을 이용해서 하루하루 성실하게 살아가는 이들을 비웃으며 벌어들이는 돈의 가치에도 행복은 존재하는 것인가.

  장자의 천지편(天地篇)에, 중국의 요임금이 화주에 방문했을 때 그를 맞이한 관원이 요임금에게 장수와 부자, 그리고 자식의 풍요를 축복하는 대목이 나온다. 그러나 요임금은 오래 살면 욕된 일이 많고(수즉다욕, 壽則多辱), 부자가 되면 쓸데없는 일이 많아져 번거롭고(부즉다사, 富則多事), 자식이 많으면 걱정이 많다(다남자즉다구, 多男子則多懼)고 자신은 원치 않는다고한다. 돈은 분명히 삶의 기본적인 필요를 충족시키고, 안정감을 주며, 불안을 줄이는 데는 도움을 줄 수 있지만, 너무 많아도 요임금이 말한 대로 관리하기가 쉽지 않을 것이다. 오죽하면 진짜 엄청난 부자는 절대로 부자 행세를 겉으로 드러내지 않는다고 한다. 그러나, 관리하기 벅찰 정도의 돈이라도 있어 봤으면. 누구나 한 번쯤 상상해 볼 수 있지 않을까.

『100세를 살아보니』의 저자 김형석 교수는 행복해지기 힘든 2가지 부류의 사람들이 있다고 했다. 첫째는 정신적 가치를 모르는 사람이다. 성실, 진실, 언행일치 등의 정신적인 가치보다는 돈과 권력, 개인의 명예를 더 중요하게 여기는 이들이다. 돈과 권력, 명예는 기본적으로 소유욕인데, 가지면 가질수록 더 목마르다고 한다. 더 배가 고프니 항상 허기진 채로 살고, 정신적 가치를 소중하게 여기는 이들은 자기만족을 알기에 행복한 삶을 살더란 이야기다. 물론 드물긴 해도, 정신적 가치를 충분히 잘 알고 돈과 권력, 명예도 가진 사람이라면 최고일 수 있다.

둘째는 이기주의자들이라고 했다. 이기주의자는 자기밖에 모르는 이들이다. 이들은 인간관계에서 오는 선한 가치를 이해하지 못하기 때문에, 인격의 그릇이 작을 수밖에 없다. 행복의 크기도 그만큼 작다는 말이다.

이제, 퇴직하고 세 번째 직장생활을 하며 아직도 월급쟁이 시간을 보내고 있는 나는 어떤가? 큰돈을 벌기가 쉽지 않은 현실에도 만족하고, 물질보다 정신적 가치를 더 소중히 여기며 애써 돈의 가치를 평가절하하면서 살아가야만 하나. 물론, 나는 오늘도 꿈을 먹고 살아가려고 한다. 아들딸들은 각자 자기 삶의 목표를 향해 매진하고 있고, 나도 나름 건강하고 소박하게 하루하루를 잘 보내려 한다. 늘 찾아오는 부족함은 욕심을 줄여나가면서 균형을 맞추려 노력은 하고 있다.

돈이 전부라는 세상과 마주하면서 돈과 다툴 마음은 조금도 없고 그럴 처지도 아니다. 이제는 더 재산을 확장할 수 있는 여건이 아니라면, 현 여건에서도 얼마든지 행복하고 멋진 인생을 꾸려나갈 수 있다는 것쯤은 안다. 우리의 삶에서 분명

돈이 지닌 긍정적 가치는 매우 중요하고 크지만, 돈으로 살 수 없는 소중한 것 또한 우리 주변에는 너무 많다는 것을 알고 있다. 행복은 종종 단순하고 소소한 데서 너무 쉽게 발견된다. 땀 흘려 쌓아 만드는 건강한 육체, 정다운 이들과 나누는 즐거운 사랑과 우정의 시간, 독서와 여행을 통해 알게 되는 삶의 깊이와 확장, 가족과 함께하는 귀중한 순간들, 꿈꾸는 자기 계발의 시간, 봉사활동과 기부의 헌신에서 오는 보람 등등.

"태어날 때 가난한 것은 내 탓이 아니지만 죽을 때 가난한 것은 내 탓이다. 특히 죽음을 앞두고도 가난에서 벗어나지 못하고 재산을 전혀 쌓지 못한 것은 결코 용서받지 못할 일이다." 오늘도 열심히 살아가는 우리를 더욱 긴장하게 만드는 『탈무드』에 나오는 이야기다.

나 또한 물질적으로 크게 부유하지는 않아도 결코 가난을 자식에게 대물림하지 않으려 노력할 것이다. 그동안 크게 벌어 놓은 돈이 없으니, 돈이 전부라는 세상의 가치에는 당연히 반기를 들지만, 할 수 있을 때까지 경제활동은 계속 추구해야겠다. 나중에 손자 손녀에게는 용돈이라도 좀 넉넉하게 주려면 그래야 할 것 같다. 그래. 아직은 늦지 않았다! 아자!

타고난 재능을 찾아서

가끔 TV에서 어린아이들이 어른 못지않게 트롯 가요를 실감 나게 잘 부르는 모습을 보곤 깜짝 놀란다. 언제 저런 절절한 감성을 터득했을까. 또 잘 다니던 직장도 그만 때려치우고 자신의 재능을 찾아서 그토록 원하던 가수의 길을 뒤늦게 가는 이도 있다. 언제든지 못다 이룬 꿈을 이루고 싶은 것은 인지상정(人之常情)이다. 그래서인지 타고난 재능을 찾으려는 사람들한테서는 늘 진정성이 우러나온다.

부모의 역할 중 하나는 자녀의 재능을 일찍 발견하고 그 길을 제대로 잘 안내하는 일이다. 자신의 재능조차 제대로 찾지 못했던 부모의 세대에서는 자녀의 재능 찾기에도 역시 미숙하다. 그러다 보니, 자녀의 재능을 분명히 발견하고도 사회가 만들어 놓은 명문대학, 대기업 등 소위 성공 코스로 따라주기만을 바라기도 한다. 자녀의 재능을 일찍 발견하고서도 끝없는 간섭으로 결국 자율성을 잃게 만들어 그 놀라운 재능마저 위축되게 만드는 사례도 있다.

타이거 우즈는 2살 때부터 군인 출신 아버지 손에 이끌려 골프를 시작했다고 한다. 아들이 4살이 되자 본격적으로 레슨 프로에게 맡겼다고 한다. 지원이 간섭보다 훨씬 중요하다고 말하면서. KLPGA 선수들도 대부분 어린 시절부터 골프를 시작한다. 내 딸도 초등학교 때 엄마 따라 연습장에 다니다가 투어 프로 활동을 10년 이상 했다. 물론 골프에 재미를 느낀 본인의 의지가 크게 한몫했다. 하여튼 재능을 일찍 발견했으면 꾸준하고 체계적으로 잘 다져가는 것 또한 중요하다.

누구나 어느 날 문득 "지금 나는 제대로 잘살고 있는가?" "진정 내가 꿈꾸던 삶을 살고 있는가?"라고 나를 돌아볼 때가 있을 것이다. 사회생활에 파묻혀서 때로 영혼 없는 하루하루를 보내고 있는 것은 아닐까. 하고 싶은 일과 재능을 발휘하여 잘하는 일은 차이가 있음을 알지만, 오늘도 나는 그저 익숙한 일을 하나의 기계 부품처럼 반복하고 있지나 않은지.

파커 J. 파머는 "내가 해야 할 일이 무엇인가?"를 묻기 전에 "나는 누구인가?"를 먼저 물어보라고 한다. 그리고 지금껏 살아온 나의 삶에서 그 답을 찾아보란다. 어떤 장면에서 내가 활짝 웃고 있었는지 보일 것이다. 여하튼 "어떻게 나답게 살 것인가?"가 늘 중요한 화두다.

나도 오랜 군 생활을 마친 후 앞으로 어떻게 살아갈 것인가를 생각하다가 우선 내가 무엇을 잘할 수 있는지 나 자신을 새삼 다시 탐구해 보았다. 지금껏 나는 어떻게 살아왔는가? 한동안 잊고 있었지만, 돌이켜보니 어린 시절부터 글짓기를 즐겼다는 기억이 떠올랐다. 글짓기 대회에서 줄곧 입상도 했었다. 군에서 긴긴밤 작성했던 숱한 보고서도 생각났다. 단순명료한 보고서에 불과하지만, 기승전결의 논리를 분명하게 말하는 능력은 글쓰기에 도움이 될 수 있음도 발견했다. 글쓰기 학원에 난생처음 등록하였고, 마침내 수필가로 등단까지 했다. 앞으로 능력을 키워서 여러 분야별로 적어도 10권 이상의 책을 출판하고 싶다. 독서를 통해 나의 빈곤한 영혼을 살찌우고 글쓰기로 조금씩 더 성장해 가는 여정은 또 다른 즐거움이고 삶을 만족하게 해주고 있다.

『삶이 내게 말을 걸어올 때(Let your life speak)』의 저자 파커 J. 파머도 "사람은 누구나 천부적인 재능을 타고 이 땅에 태어난다. 그래 놓고는 인생의 절반을 그 재능을 내버리거나 다른 사람들의 말에 미혹되어 잊어버리고 산다…. 그러다가 혹시라도 눈을 뜨고 깨달아 잃어버린 것을 알게 되면, 나머지 후반의 인생을 바쳐 원래 갖고 있던 선물을 되찾기 위해 애쓴다." 라고 했다.

퇴직한 이후에 자신의 재능을 확인하고 새로운 공부에 전념하고 있는 이들이 주변에 의외로 많다. 취미로 해오던 일을 직업으로 바꾸거나 그동안 못했지만, 해보고 싶었던 것에 뒤늦게 도전하는 모습을 많이 보고 있다. 꾸준히 서예를 취미로 하던 친구가 퇴직 후에 캘리그라피 강사가 된다거나, 골프를 진심으로 좋아하던 친구가 생활스포츠 지도자 자격증을 따서 레슨 강사가 된다거나, 일본어에 관심 많던 친구가 다시 방송대학교 일본어학과에 입학하고, 어떤 이는 자신의 재능을 살려서 한글을 못 배운 노인에게 한글을 가르치는 재능기부를 하는 등….

선물 같은 자신의 타고난 재능을 늦게라도 찾게 된다면 결코 늦은 것이 아닐 것이다. 오히려 돌고 돌아 그동안 켜켜이 쌓아 올린 눈물과 땀방울 그리고 숱한 사유의 노고는 더 가치

있는 밀알이 될 것이다. 어쩌면 허둥대며 정신없이 흘러간 지
난날보다 앞으로 더 알차게 성장하는 보람찬 시간이 될 수 있
다.

아무튼, 세상에 늦음이란 없다. 지금은 언제나 새로운 시작
이다.

이립(而立)과 이순(耳順),
그럼에도

공자는 논어의 위정 편에서 나이 서른을 이립(而立)이라고 했다. 열다섯에 배움에 뜻을 두고(十有五而志于學, 십유오이지간학), 서른에 자립했다(三十 而立, 삼십이립)는 데서 나온 말이다.

세상일에 정신을 빼앗겨 판단을 흐리는 일이 없다는 불혹(不惑)의 마흔 나이도 지나고, 하늘의 명을 깨닫는 나이라는 지천명(知天命)도 이미 훅 지나버린 나는 벌써 귀가 순해진다는 이순(耳順)의 예순조차 지났다.

2024년 한국인의 기대수명은 84.3세로 2023년에 비해서 약 8개월이 증가했고 1970년 62.3세와 비교하면 약 22년 정도 늘어났다. 과거 조선시대 왕의 평균 수명은 47세이고 평민들은 30대 정도로 추정하는데, 지금 우리는 기대수명이 84.5년인 일본과 스위스 다음인 3위의 장수국가다. 2024년 말에 이미 65세 이상 고령 인구가 20% 이상인 초고령사회가 되었다. 이 통계 추세대로면 지금 이순(耳順)을 넘긴 나는 대략 90세 정도는 살 것 같다. 그렇다면 앞으로 30대인 우리 아이들과 만날 수 있는 시간도 대략 지금까지 함께 살아온 30년 정도는 될 수 있다. 길다면 길고 짧다면 짧은 시간이다. 물론 내가 치매나 파킨슨, 알츠하이머 등 몹쓸 병에 걸리지 않는다는 전제하에서 말이다.

결국 내 인생 여정은 결혼 전 30년과 자녀들과 함께한 30년 세월 그리고 앞으로 남은 30여 년의 시간으로 구분되는 듯하다. 흔히 말하듯이 30년 배우고, 30년 일하고, 30년을 버틴다는 인생살이 논리가 맞는 듯하다.

퇴직하여 내가 한결 여유가 생겼을 때 아들딸들과 그동안 바빠서 함께 누리지 못했던 알콩달콩한 시간도 갖고 싶고, 즐거운 여행도 함께 하고 싶었다. 그런데, 나는 이제야 자유시간이 철철 넘쳐서 아빠 노릇 한번 해보려는데, 이제는 아들딸들이 먹고살기 바쁘다. 이립(而立)의 나이도 생각보다 바쁘다.

내게 남은 30년(불확실하지만), 소중한 시간을 잘 사용해야겠다. 마음먹기에 따라 하루도 눈 깜짝할 사이에 지나기도 하고 여삼추(如三秋) 같을 수 있다. 지나온 시간보다 남아있는 시간이 사실상 더 길다. 조직 생활의 통제 속에서 불필요하게 낭비되는 시간이 사라져버린 상태에서는 몇 배나 더 길 수 있다. 아직은 마음만 먹으면 충분히 더 많은 일도 할 수 있다. 또 아직 성장할 시간임과 동시에 베풂의 시간이 될 수 있다.

이순(耳順)의 나는 이립(而立)의 아이들에게 내가 살아오면서 경험했던 여러 가지 이야기를 최대한 많이 들려주고 싶다. 우선 적어도 이 세상은 살만한 곳이라고 말해주고 싶다. 구체적으로 삶에 대해 이러쿵저러쿵하는 것은 그다지 중요하지 않다. 방향 정도만이라도 제대로 알려주고 싶다. 적어도 내가 이립(而立) 시절에 이순(耳順) 어른들로부터 받았던 것보다는 조금 더 많이 알려주고 베풀고 떠나고 싶다. 서로 바빠서 소통할 여유조차 부족하다면 책으로라도 남겨서 그들이 어느 날 문득 내가 그리울 때 읽어보면 좋겠다. (그래서 책으로 남기고 싶은지 모르겠다. 그들도 언젠가는 독서의 필요성을 느끼리라 생각하면서…)

이립(而立)과 이순(耳順)은 한 세대(30년)의 차이다. 어울릴 듯 어울리기가 쉽지 않지만, 그럼에도 서로 존중해야 하는 사이다. 이립(而立)의 젊은이가 이순(耳順)의 어른 말에 무조건 따르고 존중해야 한다는 의미는 아니다. 강요한다면 그것도 일종의 나이 갑질이다. 이립(而立) 나이를 지나온 이순(耳順)의 어른은 조건 없는 배려와 포용으로 그들을 보듬어야 한다. 먼저 살아보았다고 먼저 경험했다고 다 옳고 잘 산 것은 아니지 않은가? 훈계나 습관적인 잔소리쯤이야 마음대로 해도 된다는 당연함은 더욱 안된다.

이제는 아들딸들이 가끔 나의 실수를 지적할 때면 반발하지 않고 즉시 인정하고 받아들이려 한다. 세상은 젊은이 중심으로 흘러가야 한다. 진정한 어른은 젊은이들과 경쟁하는 것이 아니라 옆에서 지켜보며 격려하고 도와주어야 한다. 어쩌면 공자가 설정한 각 나이의 정의에는 나이 들수록 더 어른다워야 한다는 지혜가 담겨 있는 것은 아닐까?

언젠가는 이립(而立)의 젊은이들도 나처럼 늙어갈 것이다. 부모님이 안 계셔야 비로소 그 빈자리가 얼마나 큰지 느끼고 알 수 있다. 살아생전 서로 다른 경험과 사고의 격차를 이해하고 공감하려고 노력하다 보면 언젠가 어른들이 안 계실 때가 오더라도 이럴 때는 어떻게 하셨을까? 하며 돌아보게 된다.
조선시대 평민들의 기대수명(30년)을 따져보면, 자녀들이 이립(而立) 나이 정도면 부모 세대는 이미 이 세상에 없는 경우가 많았을 것 같다. 당시 젊은이들은 이런 사실을 잘 알고 일찌감치 홀로서기를 했을지도 모른다. 물론 결혼은 지금보다 훨씬 일찍 했을 테지만, 우리는 당시 평민보다 2~3배의 삶을 더 사는 셈이다. 당시의 잣대와는 분명 다르겠지만(우리는 너무 오랫동안 공부하는 시스템이다. 배우는 시간이 20여 년이라니!), 조선시대 자녀들보다 우리 자녀들이 여러 가지로 엄청 스트레스를 받을 만하다. 하여튼, 남은 30여 년을 제대로 잘 지내려면 적어도 부모와 자식 간에는 서로 스트레스를 주지도 받지도 않는 관계가 계속 유지되어야 바람직할 것 같다.

이립(而立)의 사랑하는 아들과 딸들아!
우리 서로 자주 연락은 안 해도 좋으니, 싸우지 말고 끝까지 잘 지내자, 알았지?

첫 키스의 추억과 근육 기억

기억과 추억의 차이는 무엇일까. 기억은 과거의 사건이나 경험을 그대로 떠올리는 것이고, 추억은 과거의 사건이나 경험을 현재 시점에서 재해석하고 의미를 부여하는 것이라 한다. 어떤 이는 기억은 머리로 추억은 가슴으로 느끼는 거라고 하고, 기억에 그리움이 쌓이면 추억이 되기에 추억은 기억+α 라고 말하기도 한다. 가족여행을 다녀온 지난 기억에서 가족의 사랑을 동시에 떠올리면, 추억이 된다.

심장이 두근두근했을 나의 첫 키스 장면이 전혀 기억나지 않는다. 결코 변명이 아니다. 『기억의 뇌과학』의 저자 리사 제노바는 우리의 뇌는 의미 있는 것들만 기억하도록 진화해서 의미가 없으면 곧 잊는다고 한다. 정말 아쉽다!

우리의 삶 대부분이 습관적이고 반복적이며 사소하다 보니 쉽게 잊어서 주의를 집중해야 간신히 기억하게 된다고 했다. 물론 첫 키스, 신발 끈 묶는 법, 자녀가 태어난 날 등은 오래 기억한다고 말한다. 그런데 도저히 기억나지 않는다. 누구였는지… 예전엔 분명 기억했을 터인데, 하도 궁금해서 모든 궁금증의 해결사 챗 GPT에게 물어보았다. 왜 기억나지 않느냐고….

첫 키스는 대개 어린 나이에 경험하기에 기억력이 좋지 않아서, 짧은 순간이고 그 순간의 감정과 느낌에 집중하느라 기억에 남지 않을 수도 있다고 한다. 덧붙여 나이가 들면서 다른 기억에 묻혀 사라질 수도 있으니 기억하지 못함은 부끄러운 일이 아니고 누구나 겪을 수 있는 일이라고 다독여주었다. 무척이나 설레었을 첫 키스의 기억을 어떻게 쉽게 잊을 수 있냐고 반문하겠지만, 나처럼 사람에 따라 100번째 키스나 첫 키스도 시간이 지나면 의미 없이 잊을 수 있음을 알게 되었다.

그러나 수없는 동작의 반복으로 우리 몸에 오랫동안 그대도 각인되는 기억들도 있다. 소위 근육 기억들이다. 어린 시절에 배워둔 자전거 타기나 수영, 테니스, 골프 운동 등이 그러하다. 컴퓨터에서 글을 쓸 때도 우리는 활자체 위치를 모두 일일이 기억하면서 손가락을 움직이지 않는다.

근육 기억이란, 신체의 근육이 특정 운동을 반복할 때 그 운동을 수행하는 데 필요한 움직임과 힘을 기억하는 능력이다. 근육 기억은 뇌와 근육 사이의 신경 경로를 형성하여 발생하며, 운동을 반복할수록 더 강해진다. 사실은 근육이 기억하는 것이 아니라 반복적으로 움직인 뇌가 기억하는 것이다. 우리의 뇌는 근육 기억을 무한대로 형성할 수 있다고 한다. 운동뿐만 아니라 무엇이든 배우면서 반복하게 되면 뇌는 달라지고 뇌가 달라지면 몸을 움직이는 방식도 달라진다.

나이 들면 자연히 잊는 것이 아니라, 연습과 숙달하지 않아서 잊히는 것이다. 그래서 치매에 걸리지 않으려면 뇌 운동을 많이 하라는 것이다. 나이가 들면서 자연스럽게 뇌 기능이 떨어질 수 있는데 뇌 운동은 기억력, 집중력, 문제 해결 능력을 향상시켜 줄 뿐만 아니라, 스트레스 감소에도 도움이 된다. 퍼즐 게임이나 독서, 기억력 게임, 악기 배우기, 그림 그리기, 언어 공부 등이 뇌를 자극하는 활동들이다.

이제 그 의미 있다는 첫 키스의 기억조차 제대로 떠오르지 않으니 당시의 아름다웠던 풋풋했던 사랑에 대한 추억마저 사라졌다. 골프선수가 공을 잘 치려면 전신 운동을 통해 근육 기억을 강화하듯, 소소한 기억들이 즐거운 추억으로 오래오래 남으려면 일기나 글쓰기, 사진 촬영 등 나만의 방식으로 우선 기억을 잘 정리하고 남겨두어야 할 것 같다. 지난날을 추억하는 기쁨도 살아가는 큰 즐거움 중의 하나다.

아무리 바빠도, 사랑하는 이들과 새로운 추억을 많이 쌓아 나가자. 비록 우리의 몸은 나이를 먹어 계속 쪼그라들어도, 늙지 않는 우리의 뇌를 통해 근육 기억을 계속 만들어 가듯 추억을 많이 쌓다 보면 언젠가는 행복했던 기억을 함께 소환할 수 있을 것이다. 남는 게 사진이라고 했던가.

이제, 제발 잔소리 좀 그만

잔소리란, 듣기 싫은 말을 반복해서 하는 것을 말한다. 부모나 연장자가 경험을 바탕으로 자녀나 아랫사람의 행동을 교정하려고 하는 것 등이 바로 이 잔소리다. "공부해라! 그런 친구들과 어울려 놀지 마라. TV 그만 봐라! 컴퓨터 게임 그만해라! 인터넷 그만해라! 돈을 아껴라. 어른을 공경해라. 왜 결혼안 하니?" 등등.

물론, 아직 사회 적응에 낯설은 어린아이나 부대 적응이 미숙한 신병의 경우에는 일정 기간 반복적인 잔소리가 필요할때도 있다. 그러나 부모나 연장자는 피가 되고 살이 되는 말이라고 생각하겠지만, 이 잔소리를 반복해서 듣는 이들은 더 듣기 싫어하고, 오히려 정반대로 심한 스트레스로 받아들이는것이 현실이다.

운동게임을 할 때도 파트너가 조금이라도 실수하거나, 지고 있을 때 잔소리를 심하게 하는 사람이 있다. 그러나 파트너가 원치 않는 잔소리라면 오히려 경기에 집중하기도 어려워지고 신경이 쓰여서 실수만 연발할 수 있다. 방해만 될 뿐이다. 경기 중에는 파트너끼리 소통이 필요한데, 잔소리만 많은 팀은 지게 되어 있다.

골프 라운드 중에도 동반자가 코칭을 원하지 않는데도 계속 자신의 방식대로 코치하려는 사람이 있다. 상대가 초보자라는 이유로 계속 잔소리하다 보면 은근히 무시하는 언동이 묻어 나오기도 한다. 감정이 상해서 서로 다투기도 한다. 잔소리보다는 파트너의 행동을 이해하며, 스스로 문제를 해결할 수 있도록 긍정적인 피드백을 해주면 된다. 차라리 상대방의 행동에 신경 쓰기보다 자신에게나 더 집중하는 것이 좋겠다 싶을 때도 있다.

『월든』의 작가 헨리 소로는 "연장자들로부터 살아가는 데 도움이 되는 조언을 듣거나 배운 적이 단 한 번도 없다. 왜냐하면 그들의 경험은 단편적이고, 그들 자신도 믿고 있듯 각각 개인적인 이유로 그들의 삶은 비참한 실패이기 때문이다."라고 단언한다. 헨리 소로의 철학에 공감했던 박혜윤 작가도 『숲속

60대, 거침없는 인생

의 자본주의자』에서 이 말은 "나이 든 사람과 젊은이를 가르고 기득권자, 연장자의 실패를 조롱하고 그들을 무시하자는 도발과 반항이 아니라, 삶에 대한 진정 어린 겸허한 태도를 만나라는 말"이라고 강조한다.

인생은 그저 살아가는 것이지 '잘' 살아야 하는 숙제가 아니기에 인생의 성공과 완벽에 대한 기준을 버리고 오히려 '젊음'에서 배우라고 한다. 젊음이 꼭 무엇을 가르쳐 주는 것은 아니지만, 젊음 자체가 가진 무수한 가능성 앞에 자기 자신을 활짝 열어놓으라고 했다. 우리가 공항이나 대형 쇼핑몰, 도서관, 영화관 등에서 지나치는 젊은이들을 보게 되면 젊음 그 자체에서 뿜어져 나오는 신선함과 경쾌함, 찬란함을 느끼게 된다. 희망과 솔직함 그리고 당당한 자신감도 엿보인다. 우리도 지나왔듯이.

회초리를 들고 합법적으로 훈계하던 민법 제915조 징계권 조항의 법률도 2020년에 이미 폐지된 터다. 자녀도 엄연히 하나의 인격체로 인정하고 체벌이 아닌 대화를 통해 건강한 훈육의 풍토를 조성해야 한다. 꼭 필요한 잔소리도 있겠지만, 잔소리에 앞서 먼저 인격적으로 대해야 한다.

우리는 초고령사회에서 연장자들이 어떻게 살아가야 할 것인가에 대한 여러 합의조차 제대로 무르익지 않은 채, 전통적인 노인 우대의 관습조차 흔들리는 가운데 노소(老少)가 공존해야 하는 현실에 놓여있다. 연장자는 당연히 대접과 대우를 받고 싶어 하고, 젊은이는 연장자이면 그에 합당한 언행의 실천을 요구한다.

우리 집이 그렇다. 늘 반복하는 잔소리를 입에 달고 사는 80대의 장모님이 계신데 날이면 날마다 사사건건 식구들에게 참견한다. 은근히. 매일 식구의 행적을 직접 점검한다. 밥 먹은 사람 확인부터, 왜 밥을 먹지 않는가? 이유까지…. 제발 잔소리는 이제 그만하시라고 만류하는 이야기는 한 귀로 듣고 한 귀로 흘려 버린다. 자기가 하고픈 말은 꼭 하고 남이 하는 말은 좀체 들으려 않는다. 가는 귀가 멀어서라고만 생각하기에는 남의 말은 애당초 잘 듣지 않는 습성이 나이 들어갈수록 완전히 배어 버렸다. 어른 위의 상어른이 없어서 그런지 어른들은 좀체 남의 말을 들으려 하지 않는다. 혹시나 해서 치매 증세 검진까지 해보았는데 5분 만에 검사장에서 나오는데 담당자 왈(曰). 너무 멀쩡하시다고 한다.

하지 않아도 될 잔소리를 꼭 해야만 식성이 풀리는 어른들. 연장자라면 잔소리는 당연히 해야 하고 그렇게 해야만 젊은이를 변하게 할 수 있다고 믿는 것은 왜일까? 왜 그들은 시대의 변화에는 정작 눈감고 두려워하면서 자신의 주장은 고집스럽게 내세우는 것일까? 왜 그러시냐고 물어본 적이 있다. 잔소리가 심한 사람들의 특징은 이 모두가 "너를 위해서"라고 강변한다. 자기 방식대로의 사랑 표현이라고 한다. 아! 그 사랑. 이제 제발 그만. 가족끼리 그 정도 관심은 당연한 것이 아니냐고 반문한다. 내가 원하지 않는 관심과 사랑은 진정한 사랑이 아닌데….

연장자들도 이젠 스스로 변해야 한다. 경로당에서는 70대가 막내라는 현실에서 어떤 모임에서든 연장자들만 모이는 것보다 젊은이들과 함께하면 더 활기가 넘친다. 당연하다. 나이 듦의 지혜에 젊음의 박진감이 함께할 때 세상의 질서는 더 조화롭게 번창하는 법이다. 연장자 위주로 회장이나 단체장이 되는 모임이나 단체는 금방 고루해지고 발전이 더디다. 젊은이들이 조직을 열정적으로 끌고 나가고 연장자들은 곁에서 물심양면 도와주는 모습이 더 효과적일 수 있다. 물론 100세 시대의 현실을 감안하면 연장자들도 건강이 허락하는 한 아직 충분히 더 일할 수는 있겠지만, 적당한 때에 뒤로 물러설 줄도 아는 현명함도 필요하다.

아직 한창인 60대, 언제든지 냉철한 자기반성과 늦어도 배울 거는 배운다는 자세로 임하고 더 겸허해지는 법도 배워야 한다. 대체로 연장자는 자기도 경험해보지 않은 세상의 모든 분야조차 다 아는 체 훈계한다. 그들의 어른들이 행세했던 것처럼. 지금의 젊은이들은 연장자의 훈계가 없어도 얻을 수 있는 세상과 삶의 정보창고가 넘쳐난다. 챗 GPT에게만 물어봐도 동네에서 아무리 경험 많은 노인보다 훨씬 더 친절하고 더 풍부한 지식과 지혜를 더 많이 알려준다. 잔소리도 없이.

철학자 강신주 작가는 『바람이 분다, 살아야겠다』에서 자본주의사회는 나이 든 사람이 권력이나 재력을 가지고 있지 않으면 배울 게 없는 존재로 만들어놨다고 안타까워했다. 그래서 안타깝고 아쉽고 서러워서 잔소리가 많은 것인가. 물론, 제대로 된 잔소리도 때로는 필요하다. 그러나 자본주의사회에서 함께 가는 나이 어린 사람들에게 격려 대신 잔소리를 하려면 먼저 지갑부터 기분 좋게 열 줄 아는 아량도 있어야 한다.

앞으로 젊은 친구들을 만나게 될 때면, 우선 격려를 해주자. 이 어려운 시대에 정말 고생이 많다고. 가능하면, 잔소리를 아예 하지 말거나 굳이 하게 된다면 인격을 존중하면서 아주 짧고 간단하게 하자. 그리고 오히려 그들을 통해 그동안 잊고 지냈던 나의 젊은 시절의 활력과 참신성 그리고 열정을 찾아준 대가로 맛있는 식사 한끼라도 대접할 준비가 되어 있을 때만 말이다.

난 누구의 잔소리 땜에 너무 오래 지쳐 있다.

서로 다름에 대하여

이 세상에 똑같이 생긴 사람은 있어도 성격까지 똑같은 사람은 없다. 대량으로 생산되는 복제 인간이 아닌 이상, 세계 81억여 명 사람 모두 성격이 서로 다르다. 당연히 MBTI에서 분류하는 16가지 유형의 성격 그 이상이다. 그야말로 별의별 성격들이 다 있다. 나도 별의별 성격 가운데 한 명이다.

심지어 한 엄마의 뱃속에서 똑같이 먹고 자란 쌍둥이조차 닮은 듯하지만 다르더라. 적어도 나의 쌍둥이 아들들은 그러했다. 1분 차이로 세상에 나온 이들은 지금도 가끔 누가 형인지 동생인지 겉모습으로는 착각한다. 갓난아기 때 모유가 부족하여 분유를 먹일 때는 헷갈려서 먹은 놈만 계속 먹이는 실수를 했던 적도 있다. 처음에는 신기하기도 하고, 어떻게 이렇게 비슷하게 행동할까 했지만, 점점 커가면서 보니 한 놈은 문과생, 한 놈은 이과생 그리고 한 놈은 친가, 한 놈은 외가를 닮았다.

우리는 마침내 내 영혼의 반쪽이라는 짝꿍을 만나 자식을 낳고 가족이라는 울타리 속에서 서로 지지고 볶으면서 사회화 과정을 거쳐 또 다른 가족의 울타리로 다름의 영역을 확대해 나간다. 누구보다 비슷한 생각과 생활방식 등을 함께 공유하는 구성원이 가족이다. 똑같은 환경에서 지내는 가족은 참으로 가까운 사이지만, 우습게도 쉽게 멀어질 수도 있는 관계다. 너무 친하다 보니 사소한 것에도 쉽게 마음이 틀어질 수 있다. 타인도 이 정도 해주는데 왜 가족이 이래? 가족이라고 소홀히 하면 안 된다. 가족끼리는 누구보다 서로 다름을 먼저 인정해야 한다.

　100년 전에 나온 프란츠 카프카의 『변신』 소설에 나오는 주인공 그레고르 잠자의 가족도 결국 변심하고 만다. 지금껏 집안의 가장 역할을 해오던 아들 그레고리 잠자가 더 경제적 도움을 주지 못하고 벌레로 변해 버리자, 결국 그의 가족은 아들을 부정하고 외면한다. 마치 괴물을 보듯 했다. 경제적 쓸모가 없어진 부모를 요양원이나 요양병원에 보내는 오늘의 현실과 별반 차이가 없어 보인다.

　하물며, 우리는 오늘도 낯선 이들과 어울려 이 전쟁터 같은 사회 속에서 먹고살기 위해, 때로는 상대를 이해하고 존중하기보다는 유유상종(類類相從). 코드가 맞는 이들끼리만 단합하고, 네가 죽어야 내가 산다는 기치 아래 각자 치열하게 삶의 여정을 보내고 있다. 직장에서도 이런 쓸모가 없으면 가차 없이 내보낸다.

우리 사회는 그 자체로 풍요로운 다양성의 집합체이다. 사람마다 성격, 에너지, 문화, 가치관, 그리고 경험 모두 다 다르다. 누군가에게는 작은 고통이라도 누군가에겐 치명적일 수 있다. 획일적인 흑백논리에 멍드는 사회가 되는 것은 매우 위험하다. 우리가 만나는 모든 사람과 모든 관계도 완벽할 수는 없다. 이러한 다름은 때로는 갈등을 초래하지만, 때로는 조화와 이해의 기회도 제공한다. 서로 다름을 인정하고 존중하는 것은 우리가 더 나은 사회를 만드는 데 필수적인 요소가 되기도 한다.

하지만 단순히 다름을 인정하는 것만으로는 부족하다. 서로 다른 가치관과 의견을 가진 사람들과 조화를 이루기 위해서는 우선 열린 마음과 행동이 필요하다. 상대방의 의견을 무조건 받아들이거나 동의할 필요는 없지만, 그들의 관점에서 이해하려는 노력이 무엇보다 중요하다.

부모나 자식 간에도 그동안 살아온 그리고 살아가는 방식과 가치관이 서로 다름을 인정한다면, 각자 삶의 영역을 존중해 주고 지나치게 간섭하지 말아야 한다. 머리(마음)로는 서로 다름을 이해하고 인정한다는데 행동은 그렇지 못하기 때문에 늘 문제가 생기곤 한다. 고민과 해결방식을 일방적 잣대로 재단하는 것은 서로 별로 도움이 되지 않는다. 대화를 통해 생각을 나누고, 이견이 있더라도 존중하며 해결하려는 태도가 필요하다.

가족도 아닌 사람들끼리 만나 서로 사랑하고 우정을 깊이 오랫동안 나누는 것은 삶에서 참 아름다운 시간이다. 우리는 늘 관계 속에서 성장하고 존재한다. 이 세상에서 서로 연결되지 않는 것이 없다고 믿는 이들은 인연 또한 우연이 아니라 필연이라고 말한다. 그러나 우연이든 필연이든 서로 고유성을 인정하고 존중한다고 모두 친구가 되고 애인이 되는 것도 아니다.

물론 첫눈에 호감을 느끼고 가까워지는 사이도 있지만, 이런저런 우여곡절과 일희일비하는 지난한 시간이 있었기에 가능한지 모른다. 얼마나 대단한가. 허먼 멜빌의 『필경사 바틀비』에서 웬만하면 "안 하는 편을 선택하겠습니다! (I would prefer not to..)"라며 저항하는 바틀비처럼, 세상에는 아무리 노력해도 소통이 정말 어려운 이들이 의외로 많은데 말이다. 그 많은 사람 가운데서 우리가 만나다니!

또한, 안타깝게도 참 아이러니하다. 기적같이 어렵게 만나 애틋하게 이어온 사랑과 우정도 때로 너무 쉽게 깨져서 서로 다름을 인정하지 못하고 이별한다는 것이, 심지어 오늘의 전우가 내일은 적이 되고, 한때 행복했던 순간들을 쉽게 망각의 바다로 보내고, 허망한 욕심과 쓸데없는 허세와 비뚤어진 이기주의, 가당치 않은 배신의 오류에 빠져 또 다른 배신의 우(憂)를 범하는.

서로 다름을 받아들이는 것은 여전히 어렵다. 태어나서 살다가 죽는 그 과정은 똑같으면서 말이다.
나는 적어도 그런 실수만은 하지 않고 오늘을 살아내려 한다.

Text와 Context 사이에서

책을 읽을 때 문장 속에 흐르는 문맥을 제대로 짚어낼 수 있다면, 감동도 더 크게 다가오는 법이다. 그러나 가끔 아무리 읽어도 이해가 잘 안되는 시(詩) 구절이 있긴 하다. Text는 알겠는데 Context가 무엇인지 감(感)이 영 잡히지 않는다면 과연 잘 빚은 시(詩)일까 하는 의구심을 갖기도 한다. 또 때로 사람마다 Context 해석 방식이 달라서 오롯이 Text만 전달하는 것이 나을 때도 있지만, 대부분 오해와 갈등은 Context를 모르는 상태에서 발생하기도 한다.

Text와 Context는 서로 다른 개념이다. Text는 쉽게 말하면 문장이나 글로 표현된 내용을 의미한다. Context는 문맥, 맥락 즉 그 문장이나 글이 쓰인 상황이나 배경이다. Context는 Text를 해석하는 데 필요한 정보이다. 여행할 때 만나는 도시의 건물, 도로 등이 하나의 Text라면, 그 위에 덧입혀진 역사와 이야깃거리가 바로 Context라고 보면 된다.

영화 〈아바타〉에서 사랑한다는 표현을 "I See You"라고 했다. Text로 해석한다면 그냥 "나는 너를 본다"라는 문장이지만, 우리가 누군가를 사랑하게 되면 가장 먼저 하는 행동이 상대를 다정하게 마주 보는 것처럼 사랑의 다른 표현임을 우리는 직감적으로 안다. 그것이 Context이다.

강신주 철학자는 "우리가 철학과 인문학을 공부하는 이유가 Text와 Context 사이에서 왔다 갔다하는 능력을 기르는 것이다."라고 했을 정도다. Context에 둔감하면 누구와도 교감이 어려워 연애조차도 제대로 하기 힘들 것이다. 가족이나 가까운 지인에게 흔히 건네는 "밥 먹었니?"라는 인사말도 단순하게 밥 먹었니? 하는 차원을 넘어, 그 사람이 내게 주는 무심한 듯 따뜻한 관심과 애정의 "I See You"와 같은 표현이 Context이다. 굳이 해석할 필요도 없다.

인간관계에서도 Text와 Context를 안다는 것은 매우 중요하다. Context에 대한 제대로 된 이해 없이 Text를 이해하기는 어렵다. 때로 "나는 너를 사랑해"라는 이 단순한 Text조차도 Context는 복잡해질 수 있다. 정말로 사랑해서 하는 말일 수도 있고 이별을 염두에 두고 "너를 사랑함에도 이제 나는 헤어져야 해"라는 말을 하기 위해 던지는 미끼의 말일 수도 있기 때문이다.

상대의 발언이나 행동이 어느 상황에서 나왔는지, 어떤 배경에서 이루어졌는지를 알게 되면 올바른 판단을 제대로 내릴 수 있다. 마치 말 못 하는 갓난아기가 왜 우는지를 알아야 처방을 해줄 수 있는 것처럼. 아기가 운다는 Text가 있다면 아기가 울 수밖에 없는 Context가 있을 것이다. 학벌이나 직업 그리고 빈부라는 겉으로 드러난 Text보다 그 사람이 품고 있는 성격, 인품 등의 Context도 함께 알아야 한 사람을 제대로 이해한다고 볼 수 있다. 그 사람이 현란한 위선자인지 숨어 있는 진국인지 구분(區分)[4]이 아닌 구별(區別)[5]을 할 수 있다는 말이다.

우리가 살아가는 이 세상도 단순히 문자로 쓰인 Text가 전부가 아닌, 정치·사회·문화 등 다양한 Context의 배경 속에 둘러싸여 있다. 국제정세 속의 숱한 갈등과 테러 행위도 해당

---

4) 구분 : 일정한 기준에 따라 전체를 몇 개로 갈라 나눔.
5) 구별 : 성질이나 종류에 따라 갈라놓음.

Context를 제대로 잘 이해하고 살펴봐야 Text의 당면 문제에 대한 해결책을 찾아볼 수 있다. 지금처럼 인터넷과 SNS 시대에서는 가짜 뉴스나 혐오 발언 같은 문제들이 너무 쉽게 전파되고 있다. 또 똑같은 Text를 두고도 Context 해석이 너무나 속셈이 다른 정치가들을 보면 더 혼란스럽다. 주고받는 문장도 예전보다 더욱 짧아져 Context를 찾아내기도 점점 힘들어진다. 모두 자기중심으로 해석하다 보니 SNS로 인해 오히려 오해와 갈등도 더 많이 일어난다.

Text와 Context를 올바르게 구별할 수 있는 안목, 즉 사고의 유연함과 깊이를 지녀야겠다. 그 안목은 독서를 통한 간접 경험과 축적된 지식, 체험, 생각의 정리, 꾸준한 명상 등을 통해 개인별로 천차만별 달리 나타날 것이다. 하여튼 Text만 보고 쉽게 일희일비(一喜一悲) 판단하기보다 Context가 무엇인지를 한 번쯤 되짚어 본다면, 지금보다는 훨씬 더 효과적인 의사소통과 행복을 찾아가는 지름길이 되지 않을까 싶다.

진정한 도움의 의미

　최근 50여 년간 김밥을 팔아 모은 수억 원의 전 재산을 어려운 이웃을 위해 기부하고 40년간 장애인을 위해 봉사하고 세상을 떠난 김밥 할머니로 알려진 고(故) 박춘자 할머니를 애도하는 따뜻한 뉴스가 전해졌다. 더군다나 집에서 발달장애인 11명을 친자식처럼 직접 보살폈다는 박 할머니는 마지막까지 월세 보증금조차 기부하고 세상을 떠났다고 한다.

　남을 돕는다는 의미는 무엇일까. 남을 돕는 행위는 어떤 사회에서나 일종의 미덕으로 여겨지며, 우리의 내면에 깊은 만족감과 연대감을 일으킨다. 물론 진정한 도움은 우리가 충분히 가지고 있을 때 나누는 것뿐만 아니라 부족할 때도 나눌 수 있는 용기와 희생도 포함된다. 부족함을 느낄 때조차 나눔의 정신을 실천할 수 있다면, 우리 삶에 더 깊은 의미와 목적을 부여한다고 볼 수 있다. 퇴직 이후 봉사활동 등을 통해 남을 돕는 일을 하는 사람들이 의외로 많다.

우리 사회는 이러한 개인의 행위를 통해 더욱 풍성해진다. 김밥 할머니처럼 어려운 자신의 한계를 극복하고 남을 돕기 위해 앞으로 나아갈 때, 우리는 모두가 연결되어 있음을 느낀다. 이 연결은 우리가 또 다른 어려움을 당할 때 우리를 지지해 주는 힘이 되고 나아가 우리 사회를 하나의 공동체로 만들어 준다. 우리가 서로를 위해 나누고 도울 때, 진정으로 인간다운 삶을 살아가는 것이다.

진정한 도움이란 단지 물질적인 나눔만 있는 것은 아닐 것이다. 우리의 시간과 관심 그리고 사랑 등 눈에 보이지 않는 것도 포함된다. 김밥 할머니가 친자식처럼 나누어준 따뜻한 사랑처럼 때로는 따뜻한 말 한마디와 포옹 그리고 그저 옆에 있어 주는 것만으로도 큰 도움이 될 수도 있다.

톨스토이도 말년에 소설 쓰기를 그만두고 명상을 통해 얻은 글 모음집 『살아갈 날들을 위한 공부』에서 우리는 누구를 도와주기에 앞서 근원적으로 서로에 대한 인류애(사랑)를 가져야 하는 것이 '모두의 책임'이라고 강조한다. "서로의 삶을 더 낫게 만드는 데는 돈도, 선물도, 좋은 충고도 심지어는 노동도 필요 없다. 사랑이면 충분하다. 사랑을 키우고 온 세상에 퍼뜨리는 것은 모두의 책임이다."

  그러나 어떤 이는 아무리 정신적인 가치가 중요하다고 해도, 실제로 물질적인 돈이 무엇보다 절실할 때도 있다. 내 수중에 돈 한 푼도 없이 오늘의 끼니와 밀린 월세를 걱정해야 한다면, 학교에서 수업료를 낼 수 없는 지경에 놓여 선생님과 친구들에게 미안하고 죄스러움을 동시에 느껴보았다면, 월급을 받자마자 마이너스 통장으로 빨린 듯이 돈이 빠져나가고 한 치 앞도 어찌해 볼 수 없는 무력한 상태를 경험했다면, 돈이 말라버린 그곳도 일종의 사막이다.

  이런 사람을 제대로 도와줄 여력이 없을지라도 그 사람에 대한 진정한 도움의 마음이 있다면 직접적인 돈의 도움은 아니더라도 어떤 방법 정도는 제시해 줄 수도 있을 것이다. 그것도 아니면, 끊임없는 격려와 용기를 북돋아 주어 좀 더 버틸 수 있게 해줄 수 있지 않을까.

  도움을 줄 수 있는 사람들 가운데는 자신이 남보다 무엇을 더 가졌는지를 잘 모르는 경우가 있다. 심지어 자신이 남을 도와줄 수 있는 능력과 자격이 넘쳐나고 있음에도 그 사실조차 잘 인지하지 못해서. 나눌 줄을 몰라서, 어떻게 살아야 더 의미 있는 삶인지 누가 제대로 가르쳐주지 않아서. 어쩌면 물질적으로 크게 가진 것 없는 사람들이 오히려 남을 돕는 마음은 활짝 열려있는 경우가 많다.

어려운 시절에 남에게 도움을 받아보아야 언젠가 남을 돕는 선순환적 행동이 나오는 법이다. 클레어 키건의 소설『이처럼 사소한 것들(Small Things Like These)』은 아버지가 누구인지도 모르고 불우하게 자랐지만, 주변의 많은 이들로부터 도움을 받아 평범하고 행복한 가정을 꾸리며 살아오던 석탄 판매상이자 다섯 딸의 아버지인 펄롱이 주인공이다. 그는 자기 가족의 보호 본능과 용기와의 갈등에서 고심하다가 마침내 수녀원 석탄 창고에 갇혀 있는 한 여자아이를 돕기 위해 손을 잡고 나오며 세상에 맞서게 된다.

어떻게 살아야 할 것인가를 항상 고심하는 내게 펄롱의 다음과 같은 유의미한 말은 잔잔한 울림을 주었다. "문득 서로 돕지 않는다면 삶에 무슨 의미가 있나 하는 생각이 들었다. 그 나날을, 수십 년을, 평생을 단 한 번도 세상에 맞설 용기를 내보지 않고도 스스로 기독교인이라고 부르고 거울 앞에서 자기 모습을 마주할 수 있나?"

  공부는 계속하고 싶은데 학비를 댈 수 없어서 포기해야 하는 이를 목격했다면, 부모가 없는 어린아이가 내 눈앞에서 울고 있다면. 어느 시대에나 누군가의 도움이 필요한 이들이 꼭 있다. 또 이들을 도우려는 이들도 꼭 있었다. 우리는 당시의 사회적 관습과 법칙에 따라 자기 자신을 우선 보호하는 방향으로 생각하고 결정하며 살아가면서, 사회의 약자나 어려운 여건에 놓여 있는 누군가와 마주하기를 외면하며 살아가고 있는지 모른다. 우선 나부터 살아야 하니까, 주인공 펄롱이 가족의 안녕을 위해 그토록 가족 중심으로만 치열하게 살아왔듯이….

  물론, 어려운 처지에 있는 모든 이들을 나 혼자 도울 수는 없다. 자칫 도우려는 나의 어떤 의도가 왜곡되어 전달될 수도 있고, 괜히 큰소리쳤다가 별다른 도움이 되지 못하고 공염불에 그치고 마는 경우도 있을 수 있다. 오지랖 넓은 놈으로 비추어질 수도 있다. 그래도 사회적으로 지탄받을 일이 아니라면 돕는다는 자체에 의미를 두면 되지 너무 복잡하게 생각하면 실상 제대로 도울 수가 없다.

돌아보니, 나도 많은 이들로부터 숱한 도움을 받아 여기까지 왔고 나 또한 어떤 누군가에게는 미약하나마 도움이 되는 행동도 조금은 했을 것으로 생각된다. 혈기 왕성했을 때 형성되었던 어설픈 가치관들도 이제야 어쭙잖게 하나씩 정립해 가는 인생 3막쯤 되는 여정에 도착해 보니, 비로소 내가 잘할 수 있는 능력이 무엇인지 눈에 보이고, 내가 도와줄 수 있는 범위와 한계도 분명하게 알게 된다. 간절히 원하는 누군가의 눈높이에서 진정 도움이 되는 방법을 함께 고민하려 한다.

어려운 상황에 놓여있는 그들을 잘 도와주어 그들이 잘 되는 것이 바로 내가 행복할 수 있음도 이제는 조금씩 알게 되었다. 김밥 할머니처럼 그렇게 숭고하고 위대한 도움은 못 될지라도 소소하지만, 누군가에게 어떤 도움을 줄 수 있다면, 그 자체가 그냥 감사한 일일 뿐이다. 그리고 혹여 누군가에게 도움을 주었을 때 그들이 감사한 마음을 전한다면, 단지 "It's my pleasure!"라고만 답할 수 있다면 그것으로 충분하다.

幸福은
目標가아닌
方向이다

제4장

행복하다

"인생이 늘 즐겁고 행복할 수는 없다.
쇼펜하우어도 "인생은 고통과 권태를
왔다 갔다 하는 시계추와 같다"라고 했다.
평생 한 번 하기도 어려운 홀인원보다
가족이나 친구들, 지인들과 시간을
소중하게 여기고 현실에 감사하면서
내 삶을 진짜로 사랑하고 즐기는 것.
그것을 상상하는 것만으로도
나는 지금 행복하다."

홀인원보다 행복이다

　우리는 살아가면서 일반적으로 돈과 권력 그리고 명예를 원한다. 이들은 가질수록 더 갖고 싶어진다. 그러나 이런 것들을 많이 가지고 있는 자나 그렇지 않은 자의 행복의 차이는 사실상 그다지 크지 않다고 한다. 미국의 경제학자 리처드 이스털린(Richard Easterlin)은 소득이 증가하면 일정 수준까지는 행복도 증가하지만, 그 일정 수준을 넘으면 소득 증가가 행복에 거의 영향을 미치지 못한다는 사실을 발견했다. 더 많이, 더 높은 곳만 좇다 보면 늘 결핍을 느끼기에 만족할 줄도 모른다. 현재 누리는 지위나 재산, 건강과 인간관계는 늘 변하기 때문이다.

　골퍼라면 누구나 파 3홀에서 홀인원을 한 번쯤 기대한다. 홀인원 확률은 골프 다이제스트 기사에 따르면 150야드의 거리에서 투어프로 골퍼의 경우에는 1/3,000 정도, 싱글 골퍼는 1/5,000 정도이고 초보자는 1/12,000이라고 한다. 운(運)도 따라주어야 하기에 그만큼 어렵다.

나도 파 3홀에 가면 혹시? 하고 기대해 보다가 역시! 하고 꿈을 접고 만다. 동반자가 홀인원 하는 경우를 직접 목격한 사례도 겨우 두 번밖에 없다. 한 번은 그린이 제대로 보이지 않는 곳으로 친 샷인데 그린에서 공이 보이지 않아 찾았더니 홀인원 되어 있었다. 또 한 번은 깃대 좌측에 떨어져서 흘러가다가 홀인원 되었다. 행운이 행복을 불러온다. 동반자들의 축하 속에 그린 위에서 큰절을 올리고….

심지어 대회에 참가하는 프로선수들조차도 승용차 등 엄청난 보너스가 걸려 있는 홀인원 상품 때문에 혹시나 하고 기대를 많이 한다. 실제로 거의 매 대회에서 홀인원을 하는 선수가 나온다. 그런 기대를 한다는 것도 사실 즐거움 가운데 하나다. 로또에 당첨되지 않았다고 하더라도 당첨 결과를 보기 전까지는 행복을 꿈꿀 수 있듯이 실패해도 또 기회는 오는 거니까. 홀인원을 하지 못해도 달라지는 것은 없으니까 기대한다고 그다지 문제가 될 것도 없지 않은가. 꼭 홀인원이 아니면 어떠냐. 아마추어들은 라운드하는 동안 버디 하나만 해도 하루 내내 기분이 좋다. 버디 하나라도 더 해보려는 열정과 기대 그 자체를 꿈꾸고 즐기면 된다. 버디버디 한 인생, 그 멋진 순간을 상상하는 자체가 즐거움이다.

2021년 도쿄 하계 올림픽에서 우리의 탁구 신동 신유빈에게 풀 세트 접전 끝에 패한 58세 중국계 룩셈부르크 선수 니시아리안은 막내 아이와 동갑인 41세 아래 여고생에게 진 뒤 온화한 미소를 지으며, "오늘의 나는 내일의 나보다 젊다. 도전은 멈추지 않을 것이다. 그리고 더 중요한 건, 즐기는 것을 멈추지 않는 것이다."라고 말했다.

2021년 LPGA 올해의 선수·상금·다승 타이틀을 싹쓸이했던 고진영 프로는 어느 인터뷰에서 골프선수로서의 삶과 개인적인 생활의 비중을 어떻게 두느냐는 질문에, "나는 골프선수 고진영의 삶보다 인간 고진영의 삶을 중요시한다. 비율로 따지면 30%와 70% 정도"라고 답했다. 그리고 "골프에만 너무 집중하면 놓치는 것이 많다. 프로가 되더라도 골프만 잘하는 사람보다는 자기의 삶도 잘 보듬으면서 골프까지 잘하는 사람이 되면 좋겠다. 남자친구도 못 만나고 탄산음료도 못 마시면서 골프를 잘 치면 의미가 있을까"라고 되물으며 "행복하게 골프하는 게 중요하다"라고 말한 적이 있다.

예전에 인도 델리 골프 클럽에서 진행된 2014 Hero Women's Indian Open 유러피언투어 골프대회에 딸이 참가하게 되어 동행한 적이 있었다. 이 투어에 참가한 몇몇 한국 선수들을 현장에서 만나보았다. 이들은 중국투어, 캐나다투어, 아시안투어 등 세계 곳곳의 투어를 찾아다니면서 도전하고 있었다. 누가 제대로 알아주지 않아도 골프투어 자체를 즐기면서 세계를 당차게 홀로 다니는 그 모습이 보기 좋았다. 자기만의 행복을 찾아서 제대로 즐거움을 누리는 진정한 프로들이었다. 우승하면 더 좋겠지만 우승이 아니더라도 대회에 참가하는 투어 활동 그 자체로도 행복해 보였다.

이 대회에는 많은 인원이 입장할 수 있는 대형 막사가 설치되어 있었다. 내부에는 식사와 음료뿐만 아니라, 음악 DJ가 신나게 음악을 틀어주며 축제 분위기를 한껏 고조시키고 있었다. DJ가 있는 골프장! 당시 국내에서는 상상조차 하기 어려운 풍경이었다. 선수들은 물론 동행한 부모, 관계자들도 계속 들락날락하며 맛있게 식사도 하고 차를 마시면서 즐겁게 대화를 나누며 이 국제 대회를 진심 즐기고 있었다. 참 행복해 보였다. 이들은 성적에 무심한 사람들인가? 그렇지는 않았다. 딸과 함께 대회에 참가한 동반자 인도 선수도 성적에 매우 예민했다. 예선에서 비록 함께 탈락했었지만, 뉴욕에서 요가강사 생활을 병행한다는 그녀는 그냥 이런 행사 참여 자체에 큰 의미를 두는 듯했다. 치열하게 성적 위주로 늘 전쟁 같은 국내 대회 분위기와는 사뭇 달랐다. 우리도 즐기는 골프대회로 만들면 어떨까, 하며 부러웠던 기억이 있다. 최근 국내 대회장에 가보면 예전과 달리 우리도 이젠 즐기는 축제 분위기로 변하고 있는 것 같아 다행스러웠다.

"시합이라는 명분으로 즐거움을 옭아매지 마라. 이것은 골프에 대한 모독이다. 골프는 시합이고 뭐고 간에 즐거워야 한다. 즐기고 또 즐겨야 한다." 이종철 프로의 『골프, 마음의 경기』 책에 나오는 글이다.

골프가 주는 즐거움은 의외로 많다. 스코어에 얽매일 수밖에 없는 프로 골퍼도 시합하는 중에도 얼마든지 즐길 수 있다. 날씨와 장애물의 극복과 도전, 적절한 긴장과 우연이 찾아오는 행운, 스윙이나 퍼트할 때 오는 타구감과 짜릿함, 동반자와의 즐거운 만남, 목표 달성에서 오는 기쁨, 갤러리의 박수와 함성 그리고 응원하는 소리, 팬들의 따뜻한 눈길, 방송 카메라를 통해 자신을 멋지게 보여주는 기회, 상금에 대한 기대, 상위권으로 진출 가능 등등 이런 질박한 상황에서도 행복의 요소를 찾아보면 의외로 많을 것이다.

골프가 주는 이런 맛을 제대로 알고 있을까? 인생이든 골프든 사람은 자기가 하고 싶거나 잘하는 일을 즐기게 되면 자신감도 더 충만해지고 더 행복해지는 법이다.

하버드 대학교 졸업생들을 수십 년간 추적해서 행복감을 연구한 조사 결과에서, 행복감이 높은 사람은 돈이 많거나 사회적 지위가 높은 사람이 아니라 가족이나 친구들, 지인들과 자주 교류하는 사람이었다고 한다. 우리 가족은 가끔 함께 골프 라운드를 하지만, 훗날에는 사위와 며느리 그리고 손자 손녀들과도 함께 하고 싶다. 인생의 동반자들과 서로 편하게 소통하는 그 자체가 행복일 것이다.

인생이 늘 즐겁고 행복할 수는 없다. 쇼펜하우어도 "인생은 고통과 권태를 왔다 갔다하는 시계추와 같다"라고 했다. 평생 한 번 하기도 어려운 홀인원보다 가족이나 친구들, 지인들과 시간을 소중하게 여기고 현실에 감사하면서 내 삶을 진짜로 사랑하고 즐기는 것. 그것을 상상하는 것만으로도 나는 지금 행복하다.

골프가 가르쳐준 인생의 가치

올해도 KLPGA 정규투어대회가 변함없이 개막했다. 매 대회에 참가하는 프로들은 예선전에서 이미 절반 정도 탈락한다. 시즌 내내 탈락과 상금순위 변경의 반복이다.

숱한 연습과 많은 시간을 들이는 프로선수나 취미로 즐기는 아마추어들에게 과연 골프가 주는 삶의 메시지는 무엇일까. 골프 프로선수인 딸을 오랜 시간 곁에서 보아온 나는 늘 골프가 주는 진정한 가치가 무엇인가를 찾아보려 했다. 사람마다 느끼는 정도는 차이가 있겠지만, 3가지 측면에서 정리해 보았다.

첫째, 멈추지 않게 하는 도전정신이다.

골프는 스트레스를 참 많이 받게 하는 스포츠다. 아마추어나 프로나 마찬가지다. 잘되는 횟수보다 잘 안되는 횟수가 더 많은 참 힘들고 어려운 스포츠다. 잘되기 위해서는 너무 많은 요소가 적용된다. 기본 샷은 물론이고 동반자와 나의 심리 상태, 심지어 그날의 기상과 지형 등등. 어제와도 다르고 이번 홀과 다음 홀도 컨디션이 다르다. 일관성을 유지하기가 참 힘들다. 언젠가 프로선수 딸의 공이 여기저기 중구난방으로 날아다니는 것을 캐디를 하던 아빠가 보더니 "지랄탄 같다"라고 자조적으로 푸념했다. 일부러 그렇게 치려고 하는 것이 아님에도 하도 안되기에 하는 한탄의 말이었다. 지랄탄은 제대로 표적에 맞지 않고 여기저기 마음대로 날아다니는 탄을 말한다.

　어느 스포츠나 마찬가지이지만 연습하지 않고는 좋은 결과를 기대할 수 없다. "왜 이렇게 골프가 안되는지 모르겠다."라고 흔히 아마추어 골퍼들은 말한다. 하루에 수 시간 몇 년을 연습하는 프로선수들도 좌절하기는 마찬가지다. 그래도, "할 수 있다!"라는 자신감을 가지라고 한다. 자신감마저 잃으면 더 힘들어진다. 절망과 회의감에 깊숙이 빠지기 전에 더 방황하지 말고 위축된 자존감도 회복해야 한다. 그냥 현실을 받아들이고 절대 포기하지 말 것도 당부한다. 무의식 상태에서도 연습한 자세가 제대로 표현되는 그 순간까지 어렵고 잘 안되니까 계속 도전하게 만든다.

　　　　　　　　　　　60대, 거침없는 인생

어쩌면, 골프가 여전히 사랑받을 수밖에 없는 이유가 바로 이 도전정신에 있을지 모른다. 될 듯 될 듯하며 늘 아쉬움이 남는 골프지만, 좋으면 좋은 대로 나쁘면 나쁜 대로 그 현실을 그냥 받아들이고 또 도전하게 만드는 그 자체가 매력적이다.

가끔 동반자 가운데는 조금이라도 잘해보려는 욕심에 공이 놓인 위치를 몰래 옮기거나 타수를 과장할 때도 있다. 굳이 그럴 필요가 있을까? 점수는 골프가 끝나면 곧 잊어버린다. 그 사람의 정직성과 진심은 기억에 오래 남는다. 골프는 난관을 만나면 만나는 대로 잘 극복하고 또 도전하는 데 더 큰 의미가 있다. 도전정신이 늘 뿜뿜 뿜어져 나오게 만드는, 그것이 진정한 골프다.

둘째, 실수에 대한 적극적인 대처이다.

골프만큼 실수가 잦은 스포츠도 드물 것이다. 실수만큼 숫자로 표시되어 내 마음을 마구마구 흔들어 놓는다. 완벽한 샷을 구사하려고 늘 노력하지만, 하찮은 실수만 계속 반복한다. 우리도 누구나 실수하며 살아간다. 누구나 완벽하지 않다는 사실을 그냥 받아 들여보자. 조금이라도 위안이 될까. 모든 일이 늘 완전하게 준비된 상태에서 이루어지는 일들이 없음도 안다면, 쓸데없이 자신에게 실망하고 화풀이하는 어리석음은 좀 줄어들 거다. 실수하는 것을 두려워하지 말자. 골프는 두려워하는 것이 부질없다는 것 또한 알게 해준다.

왜 골프채가 14개나 되는지도 잘 이해해야 한다. 골프채를 다루는 주인인 내가 이들의 특성을 잘 활용하여 실수를 최소화하고 만회하라는 것이다. 나이가 들면 골프채에 매겨놓았던 자신의 비거리도 매번 적절하게 조정해야 한다. 이를 무시하게 되면 좋은 점수를 얻을 기회를 계속 놓치게 된다. 꾸준한 노력으로 시행착오를 줄여나가서 더 유연하게 그리고 더 정확하게 대처하면 된다.

셋째, 기다릴 줄도 알아야 한다.
안정된 골프 샷은 하루아침에 절대 만들어지지 않는다. 인생에서 성공하고 싶다면 최선을 다하고 기다릴 줄도 알아야 한다. 내 컨디션이 최상이고 주변 여건과 조건 또한 최적이라면 어느 날 우승의 순간이 불현듯 찾아올 것이다. 오랜 기다림 끝에 찾아오는 단꿈은 더 달콤하고 찐하기 마련이다. 그때까지는 기다릴 줄 알아야 한다.

골프는 인내를 끊임없이 요구하는 스포츠다. 스트레스를 줄

이기 위해 지난 샷(과거)은 좋든 나쁘든 빨리 잊어버리고 '바로 지금 샷(현재)'에 집중하며 더 중요한 '다음 샷(미래)'을 준비할 것을 요구한다. 마음을 비우고 침착성을 계속 유지하라고 한다.

"참아라! 참아라! 그리고 또 참아라!" 사관학교 생도 양성과정에서 입교 첫날에 선배 대표 생도가 신입생도들에게 포효하는 이 말처럼 진정성을 가지고 참고 기다려야 한다. 기회는 언젠가 또 찾아온다. 특별한 이유도 없이 잘 안될 때도 있는 법이다. 위대한 선수들은 모두 이런 역경을 딛고 일어섰다. 기다리다 보면 인생 역전이 될 때도 있다. 인생의 숱한 쓰디쓴 잔을 맛본 자만이 성공할 수 있다.

우수한 선수가 되려면 탁월한 운동 기술과 그 종목에 적합한 체력 그리고 강인한 정신력이 뒷받침되어야 한다. 운동 기술과 체력은 코치나 피트니스 클럽을 통해 습득할 수 있지만, 정신력은 그렇게 쉽게 이루어지지 않는다. 심리 상담을 아무리 받아보아도 생각만큼 단기간에 효과를 보기도 어렵다. 군대에서 신병들이 아무리 24시간 내내 혹독한 훈련을 받아도 하루 아침에 진정한 군인정신이 몸에 배기는 쉽지 않다. 오직 꾸준한 연습만이 해답이다.

성공의 화려한 조명 뒤에는 항상 수고로움과 어려움 그리고 애로사항이 존재한다. 삶의 주체자인 나는 늘 외롭고 배고프고 힘들다. 때로 누구에게 의지하고 싶어도 쉽지 않다. 나 자신도 믿지 못할 때도 있다. '내가 이 정도밖에 안 되는 사람'인가? 너무 창피하여 자책하고 자기를 미워하고 무시할 때도 있다.

그까짓 게 뭐라고. "괜찮아! 잘될 거야!!" 물론, 지금 내 마음은 그렇게 썩 "괜찮지 않다." 억지로 괜찮다고 하는 위로도 때로는 부담이다. 그래도 늘 봄이 다시 오듯 언젠가 내게도 따듯한 봄이 또 올 거다. 적어도 이렇게라도 스스로 위안하고 격려하지 않는다면 냉소적이고 자조적으로 빠질 수밖에 없는 이 현실에서 더 버텨내기 어렵다.

지독하게 내밀한 여명이 지나가고 나면 바로 찬란한 태양이 떠오른다는 실낱같은 희망을 또다시 품어본다. 골프를 마치는 18홀에 와서야 비로소 몸에서 지금까지 빠지지 않던 불필요한 힘이 제대로 빠져나가고 멋진 샷이 돌아오듯이 삶의 여정에서

도 매번 장애물에 봉착하고 또 실수는 반복되지만 그래도 용기를 내어서 시행착오를 줄여나가 보자

  늘 꿈과 희망을 품고서 눈앞에 닥친 장애물을 하나하나 극복하며 실수하는 것을 두려워하지 않고, 끊임없이 도전하고 또 기다리면서 살아내는 것 그것이 바로 골프가 우리에게 던져주는 진정한 가치가 아니겠는가.

왜(why) 이 일을 하는가?

나는 "왜 전역을 앞당기려는가?" 스스로 물었다.

최종 진급 명단에 내 이름이 없던 다음 날 출근하자마자 바로 전역 지원서를 던지고 나왔다. 군에서 나이 정년(대령 만 56세)이 되려면 2년이나 남았음에도 미련 없이 군을 떠났다. 장교로 임관하겠다던 풍운의 꿈도 이미 이루었다. 계급이 주는 의미가 삶의 의미보다 더 크게 작용하는 군에서 내 역할의 한계도 절감했다.

더 성장하고픈 기회를 새로운 사회에서 가지자는 결론에 이르렀다. 지금도 후회하지 않는다. 오히려 마음을 비워내야 곧바로 다른 것으로 채워진다는 순리를 배웠다. 적당한 때에 잘 나와서 사회 적응도 비교적 잘하고 있는 편이라 생각한다. 벌써 10년도 더 지난 일이다.

성공하는 사람이나 조직은 'why'부터 출발하며, "왜 이 일을 하는가?"라는 개념부터 먼저 잘 정립하게 되면 오래도록 성공이 유지될 수 있다고 말하는 책이 있다.

『Start with why』 저자 사이먼 시넥은 이 책에서 우리가 살아가는 가치 판단의 나침반으로 골든 서클(Golden circle)을 소개한다. 골든 서클은 바깥쪽에서 안쪽으로 what-how-why의 3개 서클(원)로 구성된다. 대부분 회사와 조직은 현재 그들이 무엇을(what), 어떻게(how) 하는지는 잘 알지만, 정작 자신이 이 일을 왜(why) 해야 하는지 그 목적을 명확하게 이해하는 이들은 매우 드물다고 한다. 왜? 라는 호기심도 있지만, 당위성을 먼저 확보해야 한다는 것이다.

물론 누구나 처음에는 why에 대한 논리를 장착해서 출발했을 수 있다. 회사나 조직뿐만 아니라 정치지망생이나 취업 준비생들 대학생 등 어떤 것을 선택할 당시에는 "이런 것을 해보고 싶어서"라는 자기 논리가 있었을 것이다. 시간이 지나면서 처음의 목적이 흐릿해지거나 잊어버릴 수 있다. "왜?"라는 궁극적인 질문에 적합한 답을 준비해서라기보다는 당시 상황에 맞춰서 우연이 결정했거나 변질되었을 수 있다.

인생의 축소판 같은 골프도 마찬가지 아닐까? 어떻게(how) 더 잘해보려는 욕심만 앞서고 라운드 결과(what)에만 너무 집착하여 좌절과 자책만 반복하면서 골프가 주는 진정한 즐거움과 기쁨은 간과하고 있지 않은지….

아니다 싶으면 골프를 그만두면 된다. 비용도 많이 들고 라운드하게 되면 하루를 온전히 시간만 허비한다는 생각이 든다면 골프를 때려치우면 된다.

"골프를 왜(why) 하는지" 초심(初心)으로 돌아가 보자.

가끔 자녀를 골프 프로선수로 키우고 싶은 부모들과 대화를 나눌 때가 있다. 그들은 예전 나의 경우처럼 대부분 너무 힘든 자녀 레슨 여건에 대해 호소한다. 그런데도 왜 골프를 시키는지 이유를 물어보면 십중팔구 자녀가 골프를 좋아하기 때문이란다. 좋아하는 일과 잘하는 일은 분명 다르다. 좋아하는 일을 잘하면 금상첨화겠지만, 세상일이 어찌 그럴까. 그래도 최선을 다하다 보면 좋은 날은 분명히 온다. 처음에는 좋아서 잘하다가도 오래 지나다 보면 싫증이 나거나 지겨울 때도 온다. 어쩌면 더 행복하지 않을지도 모른다. 그럼에도, 일단 현재 내가 좋아하고 원하는 거라면 충분히 도전해 볼 가치는 있다. 그래서 버틸 수 있을 때까지 버텨보라고 말해준다. 장애물만 바라보면 쉽게 지친다. 지치면 지는 거라고 한 분야에 제대로 미쳐 봐야 비로소 이길 수도 있는 거라고 응원한다.

골프를 싫어하는 이유도 다양하다. 비용과 시간이 너무 많이 들어서, 특별히 재미를 못 느껴서, 운동 효과도 별로 없고 제대로 실력이 늘지 않아서 등등이다.

골프를 좋아하는 이유도 다양하다. "굿~샷! 나이스 샷!"이라며 나를 연신 격려해 주는 분위기가 좋아서, 소풍 가는 기분이라서, 만나고픈 이들과 운동~목욕~식사까지 이어지며 오랫동안 정다운 대화를 나눌 수 있어서, 노년에 하루를 이보다 즐겁게 보내는 게 없어서, 인간관계에서 이보다 효과적인 게 없어서, 남녀노소 누구나 함께 할 수 있는 스포츠라서, 오랜만에 해도 크게 연습할 필요가 없어서, 골프를 통해 인생의 지혜를 느낄 수 있어서, 그냥 재미있어서 등등 다양하다.

아흔이 넘은 나이에도 정기적으로 골프장을 찾는 어르신이 많다. 아들은 물론 손주들과 함께 라운드를 즐기는 이분들은 분명 골프의 마니아다. 80대보다 더 청춘이다. 이들은 골프 때문에 여전히 건강하게 즐거운 삶을 누리고 있다고 장담한다. 목적이 분명한 삶은 나이도 잊게 만든다.

답답한 아파트 군락에서 빠져나와 비밀의 숲에 가려진 아름다운 정원으로 들어간다. 작은 고지를 하나하나 점령하듯 18

개 홀 앞으로 진격 또 진격, 일상의 긴장감을 여기 필드에서 말끔히 풀어버린다. 한 홀을 지날 때마다 이런저런 실패와 위기, 절제와 균형, 성공과 행운도 살짝살짝 맛본다. 라운드가 끝나면 그 후련함과 상쾌함 그리고 젖어 드는 행복감에 또 다음 기회를 기대해 본다. 너무 쉽지 않아서 매번 도전하게 하는데 왜 골프장으로 열광하면서 향하게 하는지… 그게 골프다!

비단 골프뿐만 아니라 기업이나 개인이 오랫동안 그 분야에서 성공을 유지하려면 반드시 자신만의 "왜(why) 이 일을 하는지?"에 대한 개념이 분명하게 설정되어야 한다. 목적이 있는 삶이 필요하다. 만일 why에 대한 해답을 아무리 찾아도 찾아도 제대로 보이지 않는다면 그만 때려치워야 한다. 다른 길을 찾으면 된다.

함께하는 즐거움, 혼자의 의미

무엇을 하든, 자연스럽게 놀이가 되고 누구나 쉽게 친구가 되던 어린 시절을 지나 막상 어른이 되고 나면 누구와 만나더라도 처음에는 어색해서 낯을 가린다. 그래서 어른들은 누구와 만나게 되면 창피함을 잊으려 술을 먼저 마시나 보다. 골프를 즐기는 사람들은 대부분 골프가 어렵지만 그래도 즐겁다고 한다. 가끔 부킹 조인(join)방에서 연결되어 낯선 이들과 라운드할 때가 있다. 골프는 낯을 가리는 어른들이 처음 보는 이들과도 5시간 정도는 자연스럽게 어울릴 수 있게 해주는 친화적인 어른의 놀이다.

누가 "가장 재미없는 골프가 무엇인 줄 아느냐?"라고 물은 적이 있다. 정답은 혼자 하는 골프였다. 외국에서 캐디도 동반자도 없이 홀로 라운드를 해봤더니 재미도 별로 못 느끼겠고 의욕도 생기지 않았다고 한다. 어떤 이는 게임(내기) 하지 않는 골프도 재미없다고 한다. 물론 지나친 도박 골프는 사회적 문제가 되지만, 얼마씩 적절한 비용을 갹출해서 캐디피와 식사비를 포함하는 게임은 흥미가 있는 게 사실이다. 어느 정도 경쟁을 유도하고, 일말의 긴장감도 유지해 주면서 동기부여가 되어 때론 실력까지도 향상케 해준다. 결국 여럿이 함께하니까 더 즐거운 거다.

철학자 하이데거의 말처럼 실존(實存)은 세계에 내던져진 불안한 존재라 태생적으로 외롭고 그로 인해 집착하는 것일까. 때론 먹고 살기 위해 바쁘다 보면 외로움조차 느낄 겨를이 없을 수 있다. 세월이 지나 노인이 되어 친구들이 하나둘 떠나고 외로움에 절어보면 구질구질 맨날 "외롭다"라는 하소연만 입에 달고 산다. 홀로 큰소리치면서 해외 배낭여행을 떠났던 친구도 가끔 현지에서 외로움을 호소한다. 함께 여행하자고 꼬시면서. 혼자는 당연히 외로운 법이다. 형제나 자매끼리도 싸울 때도 많지만 그래도 혼자보다는 덜 외로울 때가 많다. 함께하는 삶은 더 즐겁고 외로움도 더 잊게 해주고 나를 더 성장하게 해주는 것은 분명하다.

만일, 생텍쥐페리의 어린 왕자가 혼자 소행성에서 공을 친다면 어땠을까? 해 저무는 석양을 바라보며 홀로 심오하게 고독을 즐기는 게 아무리 취미라 해도 그 역시 그다지 재미없을 것이다. 생텍쥐페리의 『어린 왕자』에 나오는 여우의 말을 빌리면 "친구를 만나기 훨씬 이전부터 기다림으로 인해 안절부절 행복해진다." 우리가 살아가면서 혼자서 설레는 경우가 있을까. 설렘 없는 삶은 사막과 같다. 친구와 함께할 때 인생의 설렘도 훨씬 더 커지는 법이다.

그런데, 국내에 있는 미군 골프장에 가보니까 혼자 카트를 끌면서 공치는 플레이어들도 더러 있었다. 혼자 해보는 것도 습관이 되면 그럭저럭 할 만할 것이다. 살면서 혼자 무언가를 스스로 깨닫는 순간도 있다. 골프가 탄생한 배경도 양들이 한가하게 풀 뜯어 먹고 있을 때 푸르른 잔디밭에서 목동이 그 지루함을 달래고 즐기기 위해 만든 놀이다.

세상에는 비록 재미는 못 느낄지라도 당연히 홀로 해야 할 경우도 많다. 더군다나 나이가 들면 혼자 사는 것에도 어쩔 수 없이 익숙해져야 한다. 인간관계로 인해 상처를 입어 그 스트레스로 고생할 바에야 혼자서 잘 지내는 방법을 찾고 익숙해져야 한다. 결국 인생은 혼자 와서 혼자 떠나는 거다.
그래도 난 여건이 되는 한, 여럿이서 함께 취미활동을 오랫동안 즐기고 싶다. 서로 이기기 위해 공 하나에 집중하여 땀을 뻘뻘 흘리게 하는 테니스 친구, 동반자 3명과 함께 여유를 즐기게 하는 골프 친구, 북클럽을 함께 하는 현명한 독서 친구, 술 한잔하고 싶을 때 언제든지 올 수 있는 즐거운 술친구, 등산이 무리하다 싶으면 올레길이라도 함께 걸어가 주는 튼튼한 등산 친구 등. 이런 친구는 남녀노소가 중요하지 않다. 나이도 큰 의미가 없다. 진정 삶을 즐기고 싶다면, 즐겁고 행복한 사람들과 자주 만나면 된다.

삶의 한갓진 오후인 지금까지는 나는 그래도 행복한 사람인 거 같다.

새로운 챔피언이 늘 탄생하듯

매년 연말에 실시하는 **KLPGA** 대상 시상식에서는 생애 첫 골프 우승자들이 가입하는 위너스 클럽에 통상 10명 내외의 새로운 챔피언들이 탄생한다. 30여 개 출전하는 대회에서 대부분 우승 경험이 있는 자가 또 우승하지만, 첫 우승컵을 들어 올리는 새로운 챔피언은 늘 탄생한다.

우승 뒤에는 늘 감동 신화가 따른다. 우리는 챔피언의 능력과 지금껏 잘 버텨온 엄청난 근성, 보이지 않은 온갖 노력에 존경의 박수를 아끼지 않는다. 누가 알아주든 아니하든 묵묵히 준비해 온 수많은 각고의 시간이 있었기에 눈부신 오늘의 영광이 있음을 안다.

프로선수들은 골프 시즌이 시작되면 매번 자신과 싸움이다. 하도 잘 안되니까 캐디를 바꾸기도 하지만, 남을 탓할 수가 없다. 대부분 내 탓이다. 어제는 잘되어도 오늘은 영 엉망이다.

잘했던 어제의 기억들이 오늘은 무참히 깨지기도 한다. 이번에는 잘해보자 작심하고 덤벼도 또 실수투성이. 18홀 내내 안 풀리다가 끝마칠 때면 이상하게 잘 되는 것도 또 골프다.

골프대회는 며칠간의 성적 누계로 순위를 결정한다. 육체적·정신적·감정적으로 느끼는 온갖 압박감을 잘 견뎌내야 한다. 18홀 내내 그리고 며칠간 이어지는 긴장의 시간도 잘 버텨내야 한다. 승리자들은 대체로 이런 긴장을 즐기는 사람들이다. 이런 중압감을 피하고 싶어 하거나, 싫어하는 자는 우승자가 되기를 포기하는 것과 같다.

골프계의 영원한 레전드 잭 니클라우스도 "나는 대회에서 우승하려면 버디나 파를 해야만 한다는 거를 알고 18번 홀에서 티샷하려고 서 있는 순간이 가장 짜릿하고 기분이 좋다. 왜냐하면, 바로 이 순간을 위해 내가 준비해 왔고, 바로 이런 순간을 경험하고자 노력해 왔기 때문이다. 이런 순간이야말로 지금 내가 골프를 치고 있는 이유이기 때문이다. 어떻게 즐겁지 않을 수 있는가?"라고 말한 적이 있다. 적어도 이 정도의 마인드는 되어야 어떠한 결정의 순간이 다가와도 주저하거나 자신감이 떨어지지 않을 것이다.

"생각의 감옥은 우리가 스스로 만들어낸 것이고, 만들어진 것처럼 해체될 수도 있다. 마음이 평면이라면, 우리가 마음과 삶과 문화를 상상해 낼 수 있는 것이라면, 우리는 감동적인 미래를 상상하고, 또 현실로 이뤄낼 힘을 지닌 셈이다."

『생각한다는 착각(The mind is flat)』의 저자 닉 채터는 우리에게 마음의 깊이와 무의식이라는 것은 애초에 없으며, 우리의 뇌는 과거의 경험을 바탕으로 창조적이고 즉흥적으로 순간순간 행동들을 쉴 새 없이 만들어낸다고 한다. 프로이트의 무의식 존재 이론에 익숙한 우리에게는 뒤통수를 얻어맞는 듯한 말이지만, 어제 없는 오늘은 있을 수 없고, 오늘 없는 내일도 없다는 평범한 진리 속에 마음먹기에 따라 훈련한 대로 얼마든지 눈부신 미래를 만들 수 있다는 가능성에는 나도 충분히 공감한다.

앞으로도 코로나 등과 같은 비정상적인 일들이 언제든지 일어날 수도 있다. 이런 상황에서조차도 내가 꿈꾸는 미래를 간절히 원하는 자라면 "나는 안돼!"라는 자조적인 패배자의 감옥에 스스로 갇히지 않을 것이다. "골프를 즐기는 것이 이기는 길이다."라는 말처럼 오히려 위기 상황을 즐길 수 있어야 한다.

아무리 현실이 힘들어도 보란 듯이 당당히 새로운 챔피언은 늘 탄생하고 그들에게 박수를 보내며 부러워하듯 나도 오늘 하루 최선을 다해 버텨볼 일이다. 우연히 찾아오는 좋은 결과는 없다. 피땀 흘려 쌓아온 시간이 있어야, 기적 같은 트로피도 들어 올릴 자격이 주어지는 것이다.

잊지 말자. 하루하루의 경험이 차곡차곡 쌓여야만 그것을 토대로 놀라운 미래가 찾아온다는 사실을….

해외 골프 여행의
새로운 시각과 경험

　사람들은 행복을 너무 정신적인 것으로만 해석하려는 경향
이 있다. 행복은 내 몸을 움직일 때 그 만족도가 더 크게 나
타난다. 산책이나 운동 그리고 일상을 벗어난 여행을 통할 때
느끼는 행복의 만족도가 더 큰 이유다.

　동료들과 가까운 일본으로 짧은 일정의 첫 해외 골프투어를
다녀왔다. 골프를 통한 성취감과 상쾌함, 통쾌감이 물 건너 해
외에서는 더 신선하게 느껴졌고 그동안 해외 골프투어에 막연
하게 가졌던 부정적인 시각도 달라졌다. 여행뿐만 아니라 골프
운동까지 동시에 하니 행복 플러스다.

　소설가 김영하는 『여행의 이유』에서 "내가 여행을 정말 좋아
하는 이유 중 하나는 과거에 대한 후회와 미래에 대한 불안,
우리의 현재를 위협하는 이 어두운 두 그림자로부터 벗어날

수 있기 때문이다. 여행은 우리를 오직 현재에만 머물게 하고, 일상의 근심과 후회, 미련으로부터 해방시킨다."라고 했다.

국내보다 거의 절반 수준인 저렴한 그린피, 플레이어가 직접 카트를 운전하기에 당연히 캐디비용도 없다. 별도의 카트 비용도 지불하지 않는다. 클럽 식당에서는 바가지요금도 없다. 겨울 잔디 관리도 괜찮은 편이다. 골프 비용만 놓고 보면 국내보다 훨씬 저렴하다. 아! 이래서 해외로 나가려는구나!! 짧은 며칠 세상만사 잊고 그냥 골프에 빠지게 해주는 시간이었다.

골프 여행으로 그동안 쌓였던 일상의 근심과 후회, 미련에서 벗어나 현재에 더 집중하게 해주는 묘미가 있는 것 같다.

일본에서 차량을 직접 운전해 보니 도로의 노면 상태도 매우 좋다. 중간중간 땜질한 공사의 흔적이 잘 느껴지지 않는다. 초고령사회의 한산한 시골 풍경도 간결하고 깔끔하다. 청결한 거리 환경은 높은 시민의식에서 비롯된다고 한다. 사람들은 쓰레기를 길거리에 버리지 않으며, 종종 자신의 쓰레기를 집으로 가져가 처리하고 엄격한 쓰레기 분리배출 제도를 통해 환경을 관리한다고 한다. 도심이나 시골에서도 곳곳에 쓰레기통도 거의 보이지 않았지만, 시민들이 규칙을 준수해서 쓰레기가 안

보일 정도다. 지방자치단체에서도 공공장소의 청결을 위해 정기적으로 청소와 점검을 한다고 한다. 여행객도 함부로 쓰레기를 버리면 안 될 듯싶었다.

칸막이로 혼자 먹어본 라면과 한 공간에서 충분한 휴식이 되도록 시설을 잘 갖춰놓은 고즈넉한 온천도 색달랐다. 학문의 신을 모신 신사에서 줄 서서 기다리며 정성 어리게 기도하는 구복(求福) 문화는 세계 어디서나 비슷한 공통점도 느꼈다. 퇴근 후 직장인들의 선술집은 활력이 넘쳤다.

선진국을 여행해 보면 우리보다 나은 제도나 환경을 보면서 배울 점이 있다. 물론 후진국에서도 예전의 우리를 비교하며 반면교사(反面敎師)의 교훈을 배우기도 한다. 일본은 모든 면에서 습관처럼 늘 우리의 경쟁상대다. 우리가 반드시 잊어서는 안 될 과거 역사가 주는 교훈은 교훈대로, 우리가 선진국 대열에 갓 탑승했어도 배울 것은 배워야 할 것이다. 이곳을 다녀간 한국인들에게 더 나은 한국 사회로 발돋움하는 데 또 하나의 긍정적 촉매제가 되었으면 좋겠다.

골프 점수는 해외에서도 비슷하다. 숨어 있던 핸디가 어느

덧 바퀴벌레처럼 슬금슬금 나온다. 새로운 풍경의 해외골프장이 아무리 좋아도 점수까지 갑자기 나아지는 것은 아닌가 보다. 동반자들과 함께하는 그 자체가 즐거움이고 행복이다. 짧은 여정이지만 골프장 주변을 돌아보는 관광과 골프를 통해 그 나라를 바라보는 새로운 시각이 생겼으니 그것으로 만족한다.

이후에도 여러 번 해외 골프투어의 기회가 더 있었다. 태국에서는 은퇴한 70대 한국인들이 팀을 맞추어 한 달 동안 골프장에서 골프투어로만 즐겁게 보내는 모습을 보았다. 그렇게 좋을 수가 없다고 한다. 어떤 이는 지상 낙원이라고도 했다. 그리 비싸지 않은 골프비용과 적당한 날씨, 한국인 사장이 운용하는 골프장이라 맛있는 한국 식단에 국내와 비교해서도 전혀 부담스럽지 않은 생활비에 만족해한다.

자주는 아니더라도 가끔 여력이 된다면, 가까운 나라에 관광을 병행한 골프투어를 다니면서 일상의 스트레스도 풀어버리고 필요한 활력소도 찾고 싶다는 생각도 든다. 아무튼 투어 비용 마련을 위해 열심히 일해야겠다.

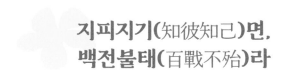

지피지기(知彼知己)면, 백전불태(百戰不殆)라

중국 주(周) 나라가 쇠퇴하고 제, 진(晉), 초, 진(秦), 오 등 우후죽순처럼 탄생하던 춘추전국시대. 당시 최고의 베스트셀러에 손무의 『손자병법』이 있었다. 2,500년이 지난 지금도 전쟁을 대비하는 자들의 필독 전략서이며, 동서고금을 막론하고 많이 읽히는 고전이다. 예전에 대학원에서 손자병법 수업을 들으며 예습 분량을 매번 10번씩 자필로 써서 제출했던 기억이 난다. 총 13편. 대략 6,600여 글자로 구성되어 간략하면서도 핵심적인 내용이라 필사하는 데도 그다지 많은 시간이 소요되지 않았다.

손자병법의 핵심은 부전승(不戰勝 싸우지 않고 이김)이다. 그러나 병자(兵者)는 궤도(詭道 속임수)라 할 정도로 어떤 방법을 써서라도 싸움에서 반드시 이기라고 주문한다.

오늘도 전쟁 같은 하루를 치열하게 치르고 있는 우리는 세상을 살아가는 방법을 논의할 때면 흔히 손자병법에 빗대어 비교하기 좋아한다. 사실, 현실 세계에서도 경쟁보다 협력, 합의 등으로 서로 윈(win)-윈(win)하는 부전승의 경우가 많다.

골프도 마찬가지다. 흔히 골프를 자신과 싸움이요, 인생 최고의 유희라 믿는 이들에게는 스포츠에 불과한 것을 두고 마치 생사를 넘나드는 비유를 들어가며 따지는 것은 다소 멋쩍고 피곤한 일이기는 하다. 그러나 최고의 병법이기에 삶이나 골프에서도 대체로 대입하여 보면 얼추 그런 것 같기도 하다.

우리가 너무나 잘 아는 '지피지기 백전불태(知彼知己 百戰不殆)' 라는 명언도 손자병법에 나온다. 적(彼)을 알고 나(己)를 알면 백전백승(百戰百勝)이 아니라 불태(不殆), 즉 위태롭지 않다는 얘기다. 이기기 위해서는 더 많이 알아야 하고, 적과 나에 대한 정보를 모른다면 오히려 위험해질 수 있다는 경고이기도 하다.

골프에 이 명언을 대입해서 살펴보자. 골프를 치는 나에 대해서는 누구보다 내가 잘 알고 있으니, 적에 대해 알아야 한다. 골프에서의 적(상대)이란 나를 제외한 맞닥뜨리는 선수나 골프장의 기상과 지형이다. 골프는 내가 샷을 잘 휘두른다고 잘되는 것이 아니다. 변화무쌍한 기상과 지형, 동반자의 전투 의지 등이 복합적으로 내게 영향을 주는 스포츠다. 상대 선수의 기세에 주눅이 들어 제대로 플레이가 망가지기도 하고, 멘탈 붕괴가 된 상대 선수로 인해 오히려 자신감이 생기기도 한다. 동반자의 영향을 적게 받도록 마인드 관리를 해야 한다.

전쟁에서 승리하기 전에 신중하게 이해득실을 먼저 따져보라는 손자병법 시계(始計)편의 5가지 요소(道·天·地·將·法)에도 天(기상)과 地(지형)가 나온다. 기상과 지형의 요소가 그만큼 중요하다는 이야기다. 천(天)은 어둡고 밝음, 춥고 더움을 말한다. 바람의 세기, 강수 등 기상에 따라 구질과 탄도의 높낮이도 달라진다. 지(地)는 멀고 가까움, 험하고 평탄함, 넓고 좁음, 유리함과 불리함이라고 했다. 바람이 많이 부는 날은 공이 바람의 영향을 적게 받게 하려면 티샷할 때 티 높이를 낮추어야 한다. 물론 번개가 치거나 많은 비가 오는 경우 등 악조건에서는 전쟁터와 달리 골프장에서는 골프 자체를 중단시키기에 크게 문제는 안 된다. 손자병법 시대와 달리 지금은 거리측정기로 높낮이가 적용된 정확한 거리도 알 수 있다. 현재의 기상 상태도 인터넷을 찾아보면 금방 알 수 있다. 여하튼, 손자병법에서는 적과 나를 비교하는 요소 중에도 천지숙득(天地孰得), 기상과 지형 상태에 대해 얼마만큼 알고 있는지가 중요하다고 했다.

골프장 코스는 산악코스, 구릉코스, 하상코스, 임간코스 등 다양한 형태로 홀이 구성되어 있다. 필드마다 벙커, 러프, 좁은 페어웨이 등 지형에 따라 샷의 자세도 다를 수밖에 없다. 대부분 평탄한 연습장에서 주로 연습하다 보니 지형이 험하거나 다소 불편한 필드에 나가면 일반적으로 적응을 잘못하는 경향이 생긴다. 경사진 곳에서는 어떻게 자세를 잡아야 할 것인지 등 다양한 상황을 고려한 연습이 필요하다.

손자병법에도 '직선으로 가는 것이 빠른 것은 아니다, 보병으로 할지 기병으로 할지 그 이로움을 따진다(우직지계 迂直之計, 보기지리 步騎之利)'라는 구절이 나온다. 이를 골프에 적용하면 지형에 따라 드라이버로 무리하게 공략하기보다 우회하는 게 나을 수 있고, 남은 거리를 잘 따져 다양한 골프채를 선택해야 한다는 의미로도 해석할 수 있다. 티샷을 무조건 드라이버로 할 필요는 없다는 이야기다.

또한, 대부분 골프장 코스는 기-승-전-결을 거치도록 설계되어 있다. 첫 홀은 편안하게 출발하더라도 다음부터는 어렵고 쉬운 홀의 반복이다. 통상 인코스 마지막 16~18번 홀은 어렵게 만들어서 끝까지 긴장을 늦추지 않게 한다. 각 홀의 핸디캡(handicap, 1~18로 홀마다 할당. 1이 가장 어렵고, 18번이 가장 쉬운 홀로 홀별 난이도 표시)에 대한 정보도 그냥 흘리지 말고 알아두어야 한다. 골프를 흔히 플레이어와 설계자와의 두뇌 싸움이라고도 말하기도 한다. 왜 저곳에 벙커를 만들었을까? 한 번쯤 의심할 필요가 있다. 바람이 잦은 계곡에서는 대부분 공이 그 방향으로 떨어지는 곳일 수 있다.

골프뿐만 아니라 결혼이나 사업 등 일상생활에서도 이 방법을 대입을 해보자. 대책 없이 무작정 덤비기보다 나와 마주해야 하는 상대는 누구인지, 나의 강·약점은 물론이고 상대를 잘 파악하여 꼭 성공하기 위해 지피지기 백전불태(知彼知己 百戰不殆) 병법을 잘 활용해보자. 어쩌면 이기는 실마리나 자신감이 더 생길지 모른다.

삶의 핵심, 사람과 순간의 행복

"골프의 핵심은 절대로 골프가 아니다." 57세에 첫아들을, 59세에 둘째 아들을 얻은 늦깎이 소설가 아빠 팀 오브라이언(미국)이 70대 중반이 되어서 어린 두 아들에게 전하는 삶과 사랑의 책 『아빠의 어쩌면책 (Dad's maybeBook)』에 나오는 글귀이다. 필드에서 샷만 냅다 휘두르는 것이 골프가 주는 진정한 가르침이 아니라는 말인 듯하다. 마치 삶의 핵심은 단순히 삶 그 자체만 가리키는 것이 아니라고 말하는 것처럼 들린다.

저자는 또 책에서 자기가 100세가 되는 어느 가을날쯤 중년이 되었을 아들들에게 골프 라운드를 함께 하라고 추천한다. 카터를 타지 말고 천천히 걸어가면서 형제가 그동안 살아오면서 느낀 소회(所懷)를 나누라고 한다. 라운드가 끝나면 둘이서 맥주나 한잔하라는 당부와 함께….

골프를 정말 좋아하는 사람이라면 정확한 샷이라든지 퍼팅 기술 그 딴것보다는 일상에서 벗어나 잠시나마 여유와 행복감을 느껴보고, 동반자들과 수다도 떨어가면서 삶에 지친 서로를 그냥 위로해 주고 위로도 받는 이 만남의 시간이 얼마나 즐거운지 안다. 저자는 우리가 마치 회사 일만 하기 위해서 이 세상에 태어난 것처럼 조금의 여유도 없이 너무 그렇게 후줄근하게 살지 말라는 메시지를 주는 것 같다.

예전에 누군가 '행복 리스트' 만들어 보기를 내게 추천했다. 나를 행복하게 해주는 것을 작성하다 보면 그것만으로도 행복해질 수 있다고 해서 따라 해보았다. 어떤 날은 하루에도 몇 번, 때로는 며칠 만에 쓸 때도 있었다. 의외로 행복한 시간은 그리 많지 않았다. 우리가 하루에 얼마만큼 행복한 시간을 보내며 살고 있는가에 대한 어떤 연구 결과에도 대부분 겨우 3% 약 42분간만 자신이 좋아하는 일을 하고, 대부분 시간은 그럭저럭 지내는 일상이라고 한다.

여러 날 행복 리스트를 쓰면서 하나의 공통점도 발견했다. 대부분 사람 관계에서 나의 행복이 비롯된다는 사실이었다. 혼자 명상이나 연구, 취미활동 등을 하면서도 행복할 수 있겠지만, 서로 공감하고 나를 인정해 주는 사람들 관계 속에서 함께 할 때 더 행복했다. 함께 하는 사람의 말 한마디. 작은 행동 하나하나에서 나의 기쁨과 행복이 같이 움직였다.

　그리고 행복의 반대말은 가난도 질병도 아닌, 고독한 삶이 라는 사실도 다시 한번 일깨워주었다. 노인들이 가장 무서워 하는 것은 사고나 질병이 아닌 고독이라는 말도 있다. 나를 이해해 주는 가까운 이들과 함께하는 사람은 진정 행복한 사람이다. 행복(happiness)의 본뜻은 행운(good fortune)이라고 한다 (어원 hap은 우연이라는 의미). 좋은 사람을 만나는 것은 분명한 행운이다. 서로 행복해지기 때문이다. 사람에게 받았던 상처도 결국 사람에게서 치유 받는다는 걸 알았다.

　그러나 오랜 고생 끝에 맛본 행복도 야속하게 며칠 가지 않는 경우가 많다. 인간의 감정은 변하지 않는 것에는 더 반응하지 않기 때문이다. 체육대회 우승이나 승진, 연애, 결혼과 취업, 로또 당첨 등의 기쁨이 그리 오래 지속되지 않는 이유다. 삶의 만족도는 어느 정도 올라도, 행복의 기준과 순간들은 일정 기간 지나면 원래 수준으로 돌아오게 마련이다. 그래서 좋은 사람을 자주 만나 멋진 추억을 많이 공유하게 되면, 그 자체가 바로 행복의 재발견이다.

살다 보면 뒤늦게 만난 사람이라도 나와 가치관과 신념이 비슷하다면 얼마든지 친구가 될 수 있다. 좋은 친구들과 아름다운 추억을 하나하나 쌓다 보면 어느덧 우리는 행복한 사람이 되어 간다. 혹자는 부자 친구나 사회적으로 명성이 높거나 그런 부류들만 사귀려는 이들도 있다. 겉으로 드러난 모습에만 높은 점수를 주지 말고, 믿음직한 내 곁의 동반자부터 먼저 잘 이해하고 챙겨보자.

　늦게 낳은 자식들이 내가 이 세상에서 사라져도 서로 잘 지내기를 바라는 오버라이언 작가의 애틋한 노파심처럼, 이 팍팍한 삶을 조금이라도 더 행복하게 살려면, 친구끼리 형제끼리 서로서로 지친 삶에 따뜻한 격려와 위로를 나누면서 다투지 말고, 오래오래 즐겁게 제대로 인간답게 살아가라는 것에 삶의 방점이 있는 것이 아닐까 싶다.

너무 완벽해지려고 애쓰지 말자

아마추어 골퍼들이 처음 골프를 배울 때 TV에 나오는 프로 선수 스윙을 그대로 따라 하려고 무척 애쓴다. 당연하다. 멋진 스윙 폼에서 멋진 샷이 나온다. 스윙 자세가 좋아야 구질도 좋고 원하는 곳으로 멀리 정확하게 공을 내보낼 수 있다. KLPGA 프로선수들의 스윙을 언뜻 보면 모두 엇비슷하게 보인다. 그러나 세밀하게 관찰해보면 제각각 특색이 있다. 사람마다 신체 구조나 힘의 크기, 경험 등이 다르기 때문이다. 발을 바꾸는 스텝 스윙으로 우승을 5회나 했던 김혜윤 프로도 있다. 낚시하는 폼의 낚시 스윙으로 유명한 최호성 프로도 "골프 스윙에는 정답이 없다"라고 말한다.

아무리 스윙을 완벽하게 연습해도 필드에 나가면 원하는 대로 잘되지 않는다. 날씨와 잔디 상태, 지형 등 많은 변수에 영향을 받는다. 신(神)이 아닌 이상 인간의 실수는 당연하다. 아니, 그리스 로마신화에 나오는 신의 왕 제우스조차 실수투성

60대, 거침없는 인생

이다. 비록 티샷이 완벽하지 못했어도 어프로치 샷을 잘하면 된다. 그것마저 실수했다면 퍼터를 잘하면 된다. 이번 홀이 완벽하지 못했다면 다음 홀에서 만회하면 된다. 완벽한 스윙이면 좋겠지만 스윙은 다소 어눌해도 온갖 난관을 극복하겠다는 자신감이 더 중요할 수 있다. 매사에 완벽만을 추구하는 이들은 자신의 작은 실수도 결코 용납하지 못한다. 어쩌면 "선수의 적(敵)은 바로 선수 자신이다"라는 표현이 적절한지 모른다.

완벽주의(Perfectionism)는 자신에게 높은 기준을 설정하여, 높은 성취감을 얻고자 하는 신념에서 비롯되며, 이런 심리 상태의 사람을 흔히 완벽주의자라고 한다. 즉 무엇을 하든지 완벽하게 해내려는 정신 상태를 가진 사람이다. 완벽주의자가 갖는 장점도 있다. 목표를 위해 최선을 다하기 때문에 높은 동기 부여와 양심적인 행동을 한다. 문제를 해결하고 난관을 극복하는 능력도 뛰어나며, 창의성과 완성도가 높은 결과를 나타내기도 한다. 반면에 자신과 타인에게 지나치게 높은 수준을 요구하다 보니 실수를 용납하지 않고 비판적이고, 기준을 충족시키지 못할 때는 매우 괴로워한다. 스트레스를 자주 받으며 실패를 두려워하고 우울증에 쉽게 빠져들 수 있다. 협력보다는 경쟁을 선호하고 타인의 의견이나 감정을 무시하다 보니 대인 관계에도 문제를 일으킬 수 있다. 완벽주의자가 원하는 삶은 실패가 없는 삶이다.

『Daily philosophy』의 저자 라이언 홀리데이와 스티븐 핸슬 먼도 "우리 삶에 파괴적인 영향을 주는 이분법적 사고인 '모' 아니면 '도'라고 불리는 인지장애는 우리 편이 아니면 적(敵), 좋은 사람이 아니면 나쁜 사람, 완벽하지 않으면 완전한 실패라고 본다. 이런 극단적 사고는 우울증이나 좌절감을 유발한다."라고 지적했다. 지금 우리 사회도 이런 양극화 현상이 너무 심하게 나타나는 경향이 있어 안타깝다.

군대에서도 "물 샐 틈 없는 철통 경계", "완전 경계 작전 365일" 등의 구호를 늘 강조하지만, 철책선이 뚫리는 크고 작은 사고는 매번 발생한다. 사고가 발생하면 누군가가 책임져야 한다. 그래서 지휘관들은 더더욱 완벽주의자가 될 수밖에 없다. 일반 직장에서도 "이번 프로젝트는 반드시 완벽하게 수행해서 꼭 성공하자"라고 외치는 CEO들도 매 마찬가지다. 누구나 군대에서나 사회에서나 완벽주의자 틀에서 벗어나지 못하고 있다. 어쩌면 이런 융통성 제로의 완벽주의가 오늘날 대한민국을 눈부신 선진국 대열에 올려놓았는지도 모르지만.

하여튼, 책임감이 투철한 일꾼들은 대부분 완벽주의자에 가깝다. 장남 장녀로 태어나면서부터 DNA에 '강한 책임감'이 새겨진 사람도 있을 테고, 매일매일 투쟁하듯 살다 보니 본의 아니게 완벽주의자가 되어버린 이들도 있을 것이다. 돌아보면 나도 완벽주의에 함몰되었던 시간이 있었다. 부여된 목표를 달성하기 위해 스스로 안절부절 자신과 타인을 강하게 질타하고 곧바로 다음 목표에 매진해야 했던 그런 순간들이 비일비재했다.

지난날을 돌아보니, 비로소 깨닫게 되는 것이 있다. 완벽하지 않아도 우리 삶은 얼마든지 행복할 수 있다는 사실을. 너무 완벽주의에 매몰되지 말자. 지금 나는 완벽이라는 단어 사용에 매우 조심스럽고 별로 사용하고 싶지 않다. 인간인 이상 실수하는 것이 기본이고, 완벽하게 살고 싶지 않다는 말이다. 난 결코 신이 될 수 없다는 것을 알고 있기에. 조금 더 여유롭고 여여하게 받아들이면 한결 행복해진다는 것을 안다. 나름대로 만족 수준도 스스로 낮춘다. 비현실적인 목표를 설정하고 달성하려 죽을 힘을 다하는 것보다는 완벽할 수 없다는 현실을 그냥 받아들여 본다.

오히려 언제든지 실패와 실수를 할 수 있다는 사실에 고마워한다. 내가 교만해지지 않게 해주기 때문이다. 진짜로 너무 완벽해지려고 애쓰지 말자. 물 흐르듯 그냥 그렇게 살아보면 어떨까….

60대, 거침없는 인생

필드와 코트 사이에서

　최근 한때 코로나로 인해 20~30대 층에서 일어났던 골프 붐이 테니스 붐으로 산불처럼 번져가고 있다. MZ세대의 영향력이 스포츠 산업의 판도를 바꾸고 있다. 골린이에서 테린이로 옮겨가고 있다.

　평일과 휴일을 불문하고 젊은 친구들이 테니스 코트를 거의 독점하다시피 한다. 중장년층이 젊었을 때 느꼈던 재미를 청년층에 들켜버린 모양새다. 코트 잡기도 여간 힘든 게 아니다. 골프는 부킹도 어렵고 만만치 않은 비용과 과도한 시간이 들어가지만, 테니스는 도심지 중심으로 가까운 접근성과 코트 사용료가 저렴하여 가성비도 좋다. 목적을 중시하는 MZ세대에게 역동적인 활동이 반복되는 테니스는 새로운 사람을 만나고 운동이라는 목표를 함께 달성할 수 있다는 점에서 더 쉽게 접근하는 것 같다. 젊은 세대에서 테니스붐이 일어난다는 것은 매우 고무적인 현상이다.

골프와 테니스는 모두 매력적인 스포츠이다. 둘 다 기술과 체력이 기본으로 필요하며, 매우 재미있다. 두 종목 모두 실내 테니스장과 스크린 골프연습장에서 연습도 할 수 있지만, 대부분 야외에서 진행되기에 신선한 공기를 마시며 운동할 수 있고, 근육과 관절을 강화하며 특히 스트레스 해소에도 많은 도움이 되는 운동이다.

골프가 다소 정적이라고 하면 테니스는 과격하게 동적이다. 테니스가 순발력이 꽤 필요한 운동이라면 골프는 짧은 시간에 집중력과 자기 절제가 꽤 필요하다. 골프가 18개 홀을 돌고 돌아 필드 위를 떠나는 여행하는 분위기라면, 테니스는 정해진 코트 위에서 피할 수 없는 한판 승부를 결정짓는 검투사 같은 분위기랄까. 골프하는 동안에는 동반자와 간간이 대화도 가능하지만, 테니스하는 동안에는 상대방과는 대화가 거의 없다. 여하튼 공통점은 다른 운동 종목과 마찬가지로 이를 통해 동반자들과 함께 어울리면서 삶의 즐거움과 끊임없는 에너지원을 얻는다는 것이다.

예전에는 경험 있는 사람들은 테니스와 골프는 병행하지 말라고 했다. 자세가 망가져서 이것도 저것도 제대로 하지 못한다고 만류했었다. 현재 두 종목을 함께 즐기고 있는 나의 경험으로 볼 때, 이 말은 반은 맞고 반은 틀린 것 같다. 초기에 기량이 부족할 때는 정말 이도 저도 아니었다. 그러나 어느 정도 숙달이 되고 적응이 되면 오히려 서로의 기술을 접목하여 시너지 효과가 있는 것 같다.

세계적 유명 선수 가운데도 테니스와 골프를 함께 즐기는 이들도 의외로 많다. 골프의 아담 스콧과 로리 매킬로이도 수준급의 테니스 실력을 갖춘 것으로 알려져 있다. 2024년 은퇴를 발표한 스페인의 세계적 테니스 선수인 라파엘 나달은 2020년 프로 아마 혼합 골프대회에 출전하여 6위를 한 적도 있다. 선수들 가운데는 주니어 시절부터 본인의 주 종목 외 다른 운동도 병행함으로써 오히려 근력과 지구력 등에 훨씬 효과적이라는 사실을 보여주는 사례가 많다.

골프는 왼팔을 기준으로 하여 오른팔이 보조해 주는 운동인 반면, 테니스는 오른팔이 기준이 되고 왼팔이 보조(오른팔잡이의 경우)해 주며 주로 사용하는 근력이 서로 달라서 보완이 되기도 한다. 나는 오른팔이 아파서 테니스하기가 어려울 때면 골프 연습을 할 때도 있다. 어느 정도 적응이 되니까 골프 스윙할 때도 습관처럼 나오던 정면으로 엎어지는 테니스 자세가 조금씩 사라지고, 힘의 중추인 코어 근육의 강화 원리를 이해하게 되면서 오히려 골프 샷이나 테니스 포핸드 등에서 이전보다 더 강한 힘이 실리는 것을 느끼게 된다.

　60세가 넘으면 무슨 운동이든 그 운동의 목표나 자세 그리고 힘의 강도 측면에서 스스로 적당히 조절해야 오랫동안 다치지 않고 즐길 수 있다. 라켓을 쥐고 팔을 사용하는 테니스나 골프에서 흔히 나타나는 팔꿈치 부상으로 테니스 엘보와 골프 엘보가 있다. 통증 부위가 각각 팔근육의 안팎으로 나뉜다. 오랫동안 팔근육을 사용하다 보면 당연히 팔꿈치, 손목, 어깨를 중심으로 무리가 올 수밖에 없다. 계속 운동을 즐기려면 때때로 휴식 기간을 갖든지 팔 주변의 다른 근육을 강화하여 통증을 완화하는 스트레칭을 자주 해야 한다. 그래도 통증이 지속되면 정형외과의 의학 기술을 빌릴 수밖에 없다.

　최근 지역의 테니스대회에 참가한 적이 있는데 개회식 축사를 하시는 분이 90세가 넘은 나이였다. 그럼에도 꼿꼿한 자세로 건강을 유지하는 자신만의 비법이 "젊은 시절부터 지금까지 즐기고 있는 테니스 덕분"이라는 말씀을 듣고 놀랐다. 물론

90세에도 골프 카트를 타고 활기차게 필드를 누비는 어르신들도 많다.

어떤 운동이든, 진정 좋아하고 자기에게 적합한 운동을 통해 자신만의 넘치는 에너지원을 찾을 수 있다면 그 이상 무엇을 바라겠는가. 나도 건강이 허락하는 동안 골프와 테니스는 오랫동안 함께 즐기고 싶다. 어쩌면 골프와 테니스를 함께 해주는 동반자들이 나를 건강하게 지켜주고 있는지 모른다. 감사한 일이다. 운동은 우리를 행복하게 해주는 비법(秘法)이면서 동시에 최고의 보약이다.

또 다른 시작이다

아직도 **꿈**을 꾸고 있다. 아니 꿈을 꾸고 싶다는 표현이 더 적합한지 모른다.

어릴 때 이루지 못한 꿈을 이루고 싶어서일까. 사실 그 꿈이 무엇이었는지조차 지금은 명확하지도 않다. 그래도 아직 꿈꾸듯 하루하루 세상을 살고 싶다.

한 줌의 **희망**만 있어도 세상의 어떤 고난도 견디며 살아낼 수 있다. 희망이 없는 삶은 불행한 삶이다. 돌아보면, 때로 꺼진 듯하던 희망이 불현듯 찾아올 때도 있었다.

남은 생애, 어떤 행운이 내게 따라붙을지 아직 모른다. 그래서 아직도 희망은 있다.

이제 내게는 자유와 자율이라는 엄청난 선물이 찾아왔다. 지금껏 제대로 누리지 못했던 **여유**도 생겼다. 언제까지 계속 아끼고 아쉬워만 하면서 살다가 갈 것인가? 이제부터는 내가 가진 한갓진 시간을 맘껏 즐겨보려 한다.

아리스토텔레스는 행복을 일시적 쾌락이나 외적 성공이 아닌, 인간의 본성에 부합하는 활동에서 찾아야 한다고 주장했다. 그는 행복이 인간 존재의 궁극적인 목적이어야 하며, 삶에서 중용을 유지하는 것이 행복을 실현하는 필수라고도 했다. 나도 이제 삶의 가치 기준을 **행복**이냐 아니냐로 나누려 한다.

아직도 내게서 꿈틀거리고 있는 꿈과 희망 그리고 여유와 행복의 가치는 내 지적 호기심이고 의욕의 기저이다. 이런 호기심과 의욕을 자극하는 독서와 여행 그리고 운동과 좋은 친구들은 앞으로도 나를 더 성장시켜 줄 것이다. 그동안 나의 북클럽 회원들과 나눈 책들도 여기에 많이 인용했다. 이젠 못다한 여행도 더 자주 다니면서 그동안 놓치고 지나간 즐거움도 되찾아볼 생각이다.

　아직 호기심이 살아있는 한, 삶은 늘 새롭고 흥미진진하다. 예전부터 어디에서나 현장 적응력이 뛰어났던 나의 장점을 잘 살려서 새로운 것들에 대한 도전도 시도해보려 한다. 아직 할 일이 많다. 늘 감사하다. 그리고 또 다른 시작이다.

이 책을 읽으며 한겨울에도 내 안에 사라지지 않은 봄이 있음을 발견한다. / 이창국

스스로 삶을 이끄는 길을 가고자 하는 사람들에게 삶의 방향성을 비춰주는 책. 인생 선배가 비추는 길을 따라 걷다 보면 또 다른 삶의 길이 나타날 것이다. / 박훈조

결국 작가는 내게, 마흔 가지의 이야기로 카르페 디엠(Carpe diem)을 말한다. 오 캡틴! 마이 캡틴!(O Captain! My captain!) 작가가 건네는 진솔하고 정중한 카르페 디엠에 대한 나의 인사는 진부하다. 진부한 만큼 금세 알아채기를 바라며 가만히 전한다. / 이하나

바르고 멋진 유교 보이의 거침없는 60대 인생의 다정함이 묻어나는 책. 청춘이 현재 진행형인 작가의 애정 어린 말을 듣고 있노라면 나도 잘할 수 있다는 맘이 절로 든다. / 최현정

하루하루의 일상 속에 삶의 변하지 않는 가치를 성의껏 쌓아나가는, 과거나 미래가 아닌 오늘에 열중하는 삶의 자세를 알려주는 지침서다. / 김유경

221

참고 도서

- 강신주, 『바람이 분다, 살아야겠다』
- 김영하, 『여행의 이유』
- 김형석, 『100세를 살아보니』
- 김혜남, 『만일 내가 인생을 다시 산다면』
- 김 훈, 『허송세월』
- 닉 채터, 『생각한다는 착각(The mind is flat)』
- 데일 카네기, 『카네기의 인생론』
- 라이언 홀리데이와 스티븐 핸슬먼, 『Daily Philosophy』
- 로버트 엘리엇, 『스트레스에서 건강으로 – 마음의 짐을 덜고 건강한 삶을 사는 법』
- 리사 제 노바, 『기억의 뇌과학』
- 마이클 샌델, 『돈으로 살 수 없는 것들』
- 박혜윤, 『숲속의 자본주의자』
- 사이먼 시넥, 『Start with why』
- 샤우나 샤피로, 『마음챙김』
- 생텍쥐페리, 『어린 왕자』
- 손 무, 『손자병법』
- 스티븐 스콧, 『게으름이 습관이 되기 전에』
- 알베르 카뮈, 『이방인』, 『시지프 신화』, 『페스트』

- 엘리자베스 콜버트, 『여섯 번째 대멸종』
- 와다 히데키, 『60세의 마인드셋』
- 이나가키 히데히로, 『전략가, 잡초』
- 이병률 시인, 『바람이 분다. 당신이 좋다』
- 이종철, 『골프, 마음의 경기』
- 장 그리니에, 『섬』
- 찰스 핸디, 『삶이 던지는 질문은 언제나 같다』
- 케서린 메이, 『우리의 인생이 겨울을 지날 때(원제 Wintering)』
- 클레어키건, 『이처럼 사소한 것들(Small Things Like These)』
- 톨스토이, 『살아갈 날들을 위한 공부』
- 팀 오브라이언, 『아빠의 어쩌면책 (Dad's maybeBook)』
- 파커 J. 파머, 『삶이 내게 말을 걸어올 때(Let your life speak)』
- 프란츠 카프카, 『변신』
- 홍영아, 『그렇게 죽지 않는다』
- 허먼 멜빌, 『필경사 바틀비』
- 헤르만 헤세, 『싯다르타』
- 헨리 소로, 『월든』

60대, 거침없는 인생

초판 1쇄 2025년 1월 22일

지은이 곽해용
발행인 김재홍
교정/교열 김혜린
디자인 박효은
마케팅 이연실

발행처 도서출판지식공감
등록번호 제2019-000164호
주소 서울특별시 영등포구 경인로82길 3-4 센터플러스 1117호{문래동1가}
전화 02-3141-2700
팩스 02-322-3089
홈페이지 www.bookdaum.com
이메일 jisikwon@naver.com

가격 16,000원
ISBN 979-11-5622-911-7 03810